★

晨 光◎著

1946-1950
国共生死决战全纪录

总攻陈官庄

长城出版社

图书在版编目（CIP）数据

总攻陈官庄 / 晨光著. －北京：长城出版社，2011.4
（国共生死决战全纪录丛书）
ISBN 978-7-5483-0068-7

Ⅰ.①总… Ⅱ.①晨… Ⅲ.①淮海战役（1948～1949）－史料 Ⅳ.① E297.4

中国版本图书馆 CIP 数据核字（2011）第 058828 号

责任编辑 / 徐 华 萧 笛

总攻陈官庄

著　　者 / 晨　光
图　　片 / 解放军画报社授权出版　**getty**images 授权出版
　　　　　资深档案专家王铭石先生供稿
出　　版 / 长城出版社
地　　址 / 北京甘家口三里河路 40 号
邮　　编 / 100037
电　　话 / (010) 66817982　66817587
开　　本 / 720 × 1000mm　1/16
字　　数 / 230 千字
印　　张 / 16.5 印张
印　　刷 / 北京龙跃印务有限公司
版　　次 / 2011 年 4 月第 1 版
印　　次 / 2014 年 3 月第 2 次印刷

标准书号 / ISBN 978-7-5483-0068-7/E · 999
定　　价 / 49.80 元

解读国共生死大较量的历史
重温先辈们激情燃烧的岁月

① 1948.12.2~1949.1.10

敌我双方交战示意图

国民党军第2、13、16兵团被围战斗要图

袁圩

先头部队

16兵团

江

张寿楼

洪

张庄寨

13兵团

王白楼 74军

胡楼

赵破楼

河

催陈口
（崔口）

王楼

引

1纵队

渤纵队

5军

倪阁 黄庄

古庄 谷庄

朱大楼

戈庄
（郭庄）

大徐

孟集

16兵团

高楼

李土楼
（土楼）

72军

伍庄

崔阁

纪楼
（季楼）

夏楼

李庄 12纵队

高集

河

李石林

魏楼

孙阁

戈阁
（伺桥）

秦双楼
（秦双庙）

刘河

于庄

秦破楼

魏庄

周庄

夏砦

孔楼

陈阁
（程阁）

郑庄

望庄

周楼

夏砦

陈庄

13兵团

72军

鲁老家

高窑

5军

纪胡同
（辣古洞）

郭营

寇庄

74军

张小庄 胡庄

朱暗楼
（朱小庄）

夏凹

张凹（臧洼）

9纵队

2兵团

左砦

丁枣园

32师

罗庄

青龙集

王楼

12军

陈庄

郭园

70军

黄庄户
（黄庄湖）

2兵团

139师

于庄
（余小庙）

10

王花园

张楼

杨砦

鲁菜园

张庄
后刘园
（后柳园）

冀1

刘集

刘楼

陈官庄

鲁楼

豆凹

南

郭窑

穆楼

徐小凹

耽庄（孔庄）

五户张庄
（张集）

魏老窑

郭楼

李楼

3纵队

安

8纵队

96师

2纵队

11纵队

96师先头部队

大回村

★★★★★

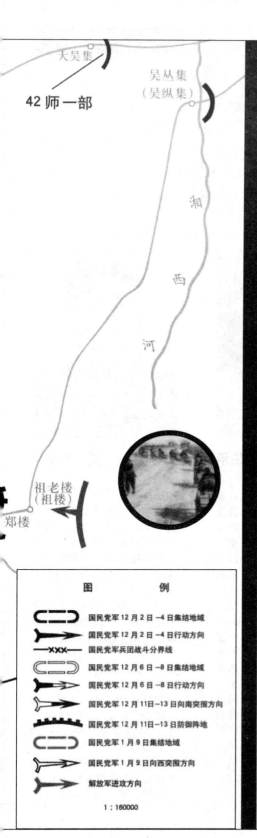

大吴集

吴丛集
（吴纵集）

42 师一部

湘

西

河

祖老楼
（祖楼）

郑楼

② 作战时间

1948 年 12 月 16 日～1949 年 1 月 10 日

③ 作战地点

江苏徐州西南的陈官庄地区

④ 敌我双方参战兵力

我军：

华东野战军第 1、2、3、4、8、9、10、11、12 纵队，特种兵纵队和 35 军（济南战役起义的吴化文部改编），渤海纵队、鲁中南纵队以及冀鲁豫军区 2 个旅，第 6、7、13 纵队、两广纵队和豫皖苏军区独立旅为预备队，中野为总预备队。

敌军：

杜聿明部所属第 2 兵团（第 5、12、70、72、74 军）、第 13 兵团（第 8、9、115 军）。

⑤ 作战结果及意义

我军共歼灭杜聿明总部、2 个兵团部、8 个军部、20 个师部共计 20 余万人。生俘国民党徐州"剿总"副总司令杜聿明，击毙第 2 兵团司令邱清泉。此役过后，蒋介石在华东、中原战场的主要力量和精锐部队全部丧失，为我军南渡长江，解放南京、上海，创造了极为有利的条件。

⑥ 我军主要指挥官

华东野战军司令员兼政治委员陈毅，华东野战军代司令员兼代政治委员粟裕，中原野战军司令员刘伯承、政治委员邓小平，华东野战军副政治委员谭震林，华东野战军参谋长陈士榘，中原野战军参谋长李达。

★ 陈 毅

★ 刘伯承

★ 邓小平

四川乐至人。1919 年赴法勤工俭学。1921 年回国。1927年参加了南昌起义，任第 11军 25 师 73 团政治指导员。土地革命战争时期，任工农革命军第 1 师党代表，红军第 4军 12 师党代表、师长，红 4 军军委书记、军政治部主任，红6 军、红 3 军政治委员，红 22军军长等职。领导了南方三年游击战争。抗日战争时期，历任新四军第 1 支队司令员，江南指挥部、苏北指挥部指挥，新四军代军长。解放战争时期，任新四军军长兼山东军区司令员，华东军区司令员，华东野战军司令员兼政治委员，第三野战军司令员兼政治委员。1955 年被授予元帅军衔。

四川开县人。1912 年考入重庆军政府将校学堂。北伐战争时期，任国民革命军四川各路总指挥、暂编第 15 军军长。1927 年参加领导南昌起义，任中共前敌委员会参谋团参谋长。后留学苏联。1930年回国。土地革命战争时期，任中共中央长江局军委书记，中央革命军事委员会总参谋长兼中央纵队司令员，中央红军先遣队司令员，中革军委总参谋长，中央援西军司令员等职。参加了长征。抗日战争时期，任八路军 129 师师长。解放战争时期，任晋冀鲁豫军区司令员，中原军区司令员，第二野战军司令员等职。1955 年被授予元帅军衔。

四川广安人。1920 年赴法勤工俭学，1926 年赴苏联中山大学学习，同年底奉命回国。1927 年底至 1928 年夏，任中共中央秘书长。1929 年 10 月底任中共广西前敌委员会书记，百色起义的主要领导人之一，亦是左右江革命根据地创始人之一。期间任红 7 军政治委员兼红 8 军政治委员。1933 年调任红军总政治部秘书长。参加了长征。1934 年再次出任中共中央秘书长。抗日战争时期，先后担任八路军政治部副主任，129 师政治委员。解放战争时期，历任晋冀鲁豫军区政治委员，中共中央中原局第一书记，中原军区和中原野战军政治委员，第二野战军政治委员等职。

 谭震林

时任华东野战军副政治委员。

—— ★ 粟 裕

湖南会同人。参加了南昌起义和湘南起义。土地革命战争时期，历任红4军参谋长，红一军团教导师政治委员，红11军参谋长，红七军团参谋长，红十军团参谋长，红军北上抗日先遣队参谋长，挺进师师长，闽浙军区司令员。坚持了南方三年游击战争。抗日战争时期，任新四军第2支队副司令员，新四军第1师师长兼政治委员，苏中军区、苏浙军区司令员兼政治委员。解放战争时期，任华中军区副司令员，华中野战军司令员，华东野战军副司令员、代司令员、代政治委员，第三野战军副司令员。1955年被授予大将军衔。

 陈士榘

时任华东野战军参谋长。1955年被授予上将军衔。

 李 达

时任中原野战军参谋长。1955年被授予上将军衔。

⑦ **敌军主要指挥官**

国民党徐州"剿总"副总司令杜聿明，第2兵团司令邱清泉，第13兵团司令李弥，第16兵团司令孙元良。

 杜聿明

陕西米脂人。国民党陆军中将。1924年入黄埔军校。毕业后历任军校教导团副排长，武汉分校学兵团连长，中央陆军军官学校中队长，教导第2师营长、团长，第17军第25师旅长、副师长等职，曾参加北伐战争、长城抗战。1937年5月，首任装甲兵团团长。8月率部参加淞沪会战。1938年7月任第200师师长。翌年11月任第5军军长，率部参加桂南会战，获昆仑关大捷。1942年3月任中国远征军第一路副司令长官，率部参加滇缅作战。1945年10月任东北保安司令长官，指挥所部进攻东北解放区。1948年8月任徐州"剿总"副总司令，率部参加淮海战役。

 邱清泉

浙江永嘉人。国民党陆军上将（死后为国民党追赠）。黄埔军校二期毕业。1935年10月入德国柏林陆军大学学习。1937年5月回国后，任国民党中央教导纵队参谋长。1938年任200师副师长。同年10月，任第5军新编第22师师长。后任第5军副军长、军长等职。1948年9月，任第2兵团代理司令官，11月升任司令官。1949年1月，在淮海战役中被解放军击毙。

 李 弥

云南盈江人。国民党陆军中将。黄埔军校四期毕业。先后在国民党军任营长、副团长、团长等职。1936年，任国民党江西瑞昌县县长。抗战时期，历任第36军第96师268旅旅长，第5师副师长，第8军荣誉第1师师长，第8军副军长、军长等职。1948年7月，升任第13兵团司令。所部在淮海战役中被歼。后任重建的13兵团司令兼第8军军长，所部大部被解放军消灭，率残部退往缅甸。后去台湾。

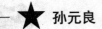 **孙元良**

浙江山阳人。国民党陆军中将。黄埔军校一期毕业。参加了东征战役。北伐时期任国民革命军总司令部警卫团团长。1927年赴日本士官学校深造。回国后，任第5军第87师259旅旅长。抗战时期，任第88师师长，第72军军长，第29军军长。1946年夏，任重庆警备总司令部总司令。1948年，调任16兵团司令官。所部在淮海战役中被解放军全歼。后奉命重组16兵团，所部大部在四川起义，只身逃往香港，后去台湾。

 ★★★★★

目 录

第四章 > 围而不歼 / 94

我军的包围圈越来越小，处处被动挨打的杜聿明仍然企图挣脱。在"突围—解围—被歼"的怪圈中挣扎的国民党军，又制定了恶毒的放毒计划。一场大雪压向陈官庄，杜聿明占念前途，更添寒意。蒋介石另有它图，却不断给杜聿明灌迷魂汤。毛泽东一锤定音：为给华北的傅作义集团再下点毛毛雨，对杜聿明集团"围而不歼"！……

第五章 > 别样战场景观 / 124

华野部队转入战场休整，各项总攻准备在紧锣密鼓地进行：调整部署、整顿战斗组织、充实干部、补充兵员，评功立功、火线入党、战术研究、近迫作业。在表面平静的休整中，涌动着奔向最终目的地的滚滚春潮。文艺小分队深入前线，火线演出精彩绝伦。

火线除夕传递着指战员们"传檄到江南"的豪迈气概。

第六章 > 攻心为上 / 148

广播、喊话、标语、劝降……一发发攻心弹，利箭般射向敌人胸膛，另一场别开生面的战斗在淮海大地轰轰烈烈地展开，瓦解着、动摇着已经摇摇欲坠的杜聿明集团。

四面楚歌中的陈官庄简直成了人间地狱，笼罩在灭亡前的死气之中。

目录

第一章

徐州大撤退

★★★★★

∧ 20世纪40年代的蒋介石。

黄维兵团被围，徐州吃紧。扮演着灭火队长角色的杜聿明怀着上刑场的心情飞赴徐州。面对危局，是打是撤，南京莫衷一是。

内外交困的蒋介石只能选择放弃徐州。大军未动，机密先泄，乱局愈演愈烈。30万人马撤退徐州，形同落荒而逃。徐州回到了人民手中，南京门户洞开。

1. 骑虎难下守亦难

1948 年 11 月 28 日上午，一架小型运输机降落在了南京大校场机场。舱门打开，从机舱走出的是国民党军徐州"剿总"副总司令兼徐州前进指挥部主任杜聿明。只见他面色憔悴，一脸疲惫。他的胃病又犯了，疼得厉害，吃不下东西，腰疼病也犯了。多病缠身的杜聿明朝机场看了看，来迎接他的人还真不少，其中还有不少拿着照相机的记者，他不由得皱了皱眉头，还是打起精神，整了整本来已经很笔挺的军装，镇静自若地走下了舷梯。

杜聿明是被蒋介石电召来开作战会议的。这是他自 11 月 6 日解放军发起淮海战役以来第三次来南京开这样的会议了。上次是 11 月 23 日，蒋介石拍板定案，定下了三路兵力南北对进，打通津浦路的计划。那时，杜聿明着实高兴了一阵子，以为他所效命的国民党军队真的有救了。

可是，杜聿明的高兴也就是一闪而过的事情。仅仅过了 5 天时间，局势就变得一团糟。黄维的 12 万人马被围在了宿县双堆集周围一个狭小的地区内，有越围越紧的趋势，动弹不得。邱清泉、李弥、孙元良 3 个兵团 7 个军 1 个骑兵旅在向蚌埠攻击前进中，受到了华东野战军部队的顽强阻击，每天只能推进两三公里。李延年、刘汝明两个兵团从蚌埠向北的行动也十分缓慢。看来，三路会攻、打通徐蚌的计划是要泡汤了。会师无望，黄维被围。上次在南京，老头子亲口说过要想法子调两三个军来支援徐蚌战场的，结果呢？连个兵的影子也没有。

老头子就是这样，说了不算，又爱直接指挥，意见变来变去，没有个准定。杜聿明还是压下了自己对老头子的埋怨之气，他不能，也不该。老头子对他杜聿明是有恩的。

杜聿明不知道会议的具体内容，但面对失利的态势，他多少也猜了个八九不离十。

让他沮丧的是，接二连三地参加作战会议，又接二连三地失败，黄百韬被围，讨论的议题是解救黄百韬，结果是黄百韬被歼，作战会议快成了失败的催命符了。现在是黄维被围，结果会是什么呢？杜聿明不敢想下去了。一想到这些，他的胃就示威似地抽得更紧了。

44岁的杜聿明正当人生盛年，他不是个怕事的主，也不是个怕死的主，在他长达24年的军旅生涯中，他不是没有闯过急流险滩。当年黄埔一期的高才生杜聿明，别看一脸文静，自幼饱读圣贤书，有很好的文墨功底，在行伍中也不是孬种。1926年7月，北伐的消息传到了正在河南办教育的杜聿明耳中，他硬是历尽艰险，辗转到武汉，参加了北伐。1932年，在"围剿"大别山的红军时，杜聿明战斗在前沿。1933年3月，身为第25师副师长的杜聿明奉命北上参加长城抗战，率部在古北口南城正面，与日军进行了激烈的战斗，将敌人击退；3月10日，师长关麟征负伤，杜聿明代理师长，指挥第25师英勇作战，抗击了武器占优势的日军近70天。1939年12月，

∨ 国民革命军在北伐途中。

杜聿明率第5军参加抗击日军的昆仑关战役，获得重大胜利。1942年初，杜聿明以第一路军副总司令兼第5军军长的身份，随远征军入缅甸抗击日军。那是杜聿明一生中最为艰难的时刻，几个月的战斗，中国军队遭到惨败，几乎全军覆没，杜聿明本人坐在担架上指挥战斗，死里逃生才回来的。蒋介石不仅没有给他处分，反而擢升他为第5集团军总司令兼昆明防守总司令之职。抗日战争胜利后，杜聿明奉蒋

北伐战争 ——————————————————————

第一次国共合作时期，广东国民政府在中国共产党的支持和协助下，以推翻北洋军阀政府的反动统治为目的而进行的一场反帝反封建的革命战争。在中国共产党人的积极参加和沿途农民运动的全力支持下，北伐军取得了胜利。后蒋介石背叛革命，残杀工农民众，使北伐战争中途夭折。北伐战争沉重打击了北洋军阀的统治，使共产党人认识到开展武装斗争的极端重要性，开始了创建工农红军、进行土地革命的新时期。

介石之命用武力改组了龙云的云南政府，迫使龙云离开云南，深得蒋介石的器重，那时的杜聿明，总的来说算是一帆风顺的。

随着国共两党的摊牌，杜聿明开始扮演着救火队的角色，频频在各个战场调来调去。让他深感痛苦的是，他在哪里救火，哪里败得就更惨。1945年10月，杜聿明出任东北保安司令长官，接收东北，指挥国民党军疯狂进攻东北民主联军，但是，屡遭败绩。他的身体也垮了，只好到上海去治病。1948年6月，杜聿明被任命为徐州"剿总"副司令兼第2兵团司令官。我军发起辽沈战役后，蒋介石又把杜聿明调回沈阳，任命他为东北"剿总"副司令兼冀辽热边区司令官，指挥廖耀湘西进兵团进攻锦州，结果，廖耀湘兵团被我军全歼。我军攻占沈阳后，杜聿明的任务是指挥锦西葫芦岛的国民党残部由海上撤逃。

11月10日晚，杜聿明抱着上刑场的心情，匆匆飞到徐州，仍任徐州"剿总"副司令，奉令指挥解救黄百韬第7兵团之围。可是，黄百韬还是眼睁睁地被吃掉了。

如今，瞻念前景，真的是不寒而栗啊。此时的杜聿明，根本不想和记者们搭话，也顾不上和迎接他的人来过多的繁文缛节，就匆忙上车，向黄浦路蒋介石的官邸赶去。

此时的参谋总长顾祝同，心情比杜聿明更紧张。杜聿明前脚到，他后脚就到了。

顾祝同把杜聿明拉到一间小客厅，劈头就是一句：

"光亭啊，局势不妙啊，如何挽救危局，该拿个主意了。"

杜聿明没有立刻正面回答他的问题，而是反问他：

"原来决定再增加几个军，为什么连一个军也没有增加呢？弄到现在，形成骑虎难下的局势。"

> 抗战时期，蒋介石赴云南视察时与龙云合影。

国民党云南省主席龙云 —————————————————

云南昭通人。国民党二级陆军上将。曾任滇军第5军军长，昆明镇守使，国民革命军第38军军长，云南省政府主席，第十三路军总指挥，滇黔"绥靖"公署主任等职。抗日战争爆发后，任第3预备军司令长官、第1集团军总司令、昆明行营主任、同盟国中国战区中国陆军副总司令等职。1948年12月，从南京退往香港，从事反蒋活动。1949年在香港与黄绍竑等发表联合声明，表示与国民党政府决裂，归向人民。

顾祝同说："你不了解啊，到处牵制，调不动啊。"

杜聿明说："既然知道不能抽调兵力决战，原来就不该决定要打，把黄维兵团陷入重围，无法挽救。目前挽救黄维的惟一办法，就是集中一切可以集中的兵力与敌人决战，否则黄维完了，徐州不保，南京亦危矣！"

顾祝同灰心丧气地说："老头子也有他的困难，一切办法都想了，连一个军也调不动。现在决定放弃徐州，出来再打，你看能不能安全撤出？"

< 杜聿明，蒋介石眼中的战场"救火队员"。
< 时任国民党军参谋总长的顾祝同。

杜聿明一听这话，心里往下一沉。老头子又是老一套，决心一变再变，说变就变。看来，黄维是要完了，徐州各兵团也怕是保不住的。不能增加兵力，打下去不可能，守也难那！杜聿明陷入了沉思。考虑再三，杜聿明对顾祝同说：

"既然这样困难，从徐州撤出的问题不大。可是要放弃徐州，就不能恋战；要恋战，就不能放弃徐州；要'放弃徐州，出来再打'，这就等于把徐州的3个兵团马上送掉。只有让黄维守着，牵制敌人，将徐州的部队撤出，经永城到达蒙城、涡阳、阜阳间地区，以淮河作依托，再向敌人攻击，以解黄维兵团之围。"

其实，杜聿明对到达淮河附近能不能打得动，心里实在没有底。他心里清楚的是，到那时，也只有牺牲黄维兵团，救出徐州各部队了。这话他不能说，只能在心里闷着。

顾祝同听罢，连连点头："也只能如此，只能如此。"

这时，何应钦慌慌张张地走了进来，问：

"怎么样？就不能打了吗？"

杜聿明说："我和总长的意思是，从徐州撤出来……"

何应钦沉吟了一下，说："也只好这样了。"

上车前，杜聿明悄悄对顾祝同说："请总长对这一方案不要在会上讨论。"

顾祝同当然明白杜聿明的意思，说："会后我同老头子说，你同他单独谈好了。"

国民党最高战略顾问委员会委员刘斐 ——————————————————

湖南醴陵人。北伐战争时期，任国民革命军总司令部主任作战参谋。抗日战争时期，任国民党政府军事委员会军令部厅长、次长。抗战胜利后，任国民党国防部参谋次长，最高战略顾问委员会顾问委员、军事委员会委员。1949年4月为国共和谈国民党政府和谈代表之一，当中共中央提出的国内和平协定被国民党政府拒绝后，在香港联合44位国民党知名人士，发表声明宣布起义。

2. 莫衷一是走为上

等顾祝同、何应钦、杜聿明到达会场时，会场已经坐满了人。有最高战略顾问委员会委员刘斐、空军司令部副总司令兼参谋长王叔铭、国防部第三厅厅长郭汝瑰，等等。不一会儿，蒋介石披一件黑色斗篷，满脸通红，窘态毕露地走了进来。

在座的人都面面相觑，不知道个中原因。

原来，蒋介石是刚刚把夫人宋美龄送上赴美国旧金山的飞机后赶回来的。

顾祝同说对了一半，蒋介石的难处还不仅仅在军事上的连连失利，在外交上，他也已经陷入了前所未有的困境。看着蒋介石的军队连连失败，原来支持蒋介石打内战的美国朝野感到失望，对蒋介石政权的腐败和无能的不满，已经公开表现出来了。对此，蒋介石心知肚明。但是，蒋介石实在是万般无奈了，他趁杜鲁门连任总统之际，

∨ 宋美龄访美期间，在纽约麦迪逊花园广场发表演讲。

硬着头皮给杜鲁门总统写了一封信，表面的祝贺话说过后，蒋介石就图穷匕首现了。不过，他的要求似乎并不高，他不要美元，不要武器弹药，只要美国的精神支持，他希望杜鲁门政府发表一篇支持他的"坚决的宣言"。没想到，杜鲁门一点面子也不给，毫不犹豫地拒绝了。

这无疑给了蒋介石当头一棒。但他心有不甘。想来想去，他想到了夫人宋美龄。蒋介石当然记得，1943年，正是她，在美国刮起了一股外交"旋风"。那次，宋美龄凭着第一夫人的身份，凭着"抗战的中国"的招牌，凭着自己的迷人风采和流利的英语，倾倒了美国朝野，旋风式的访问，带来的是罗斯福总统的支持和大量的援助，她自己也因此当仁不让地当起了抗战英雄。还是让善于交际又谙熟美国政界的夫人去美国走一遭，也许能得到美国的支持。蒋介石拿定了主意。

最近，宋美龄的状况也很糟糕，她看着蒋介石政权大势将去，忧心如焚。她的失眠症加重了，要么翻来覆去睡不着，要么刚睡着，就是连篇累牍的恶梦。去还是不去？宋美龄犹豫不决。她很清楚，此时的国民党政权远不能同1943年相比，军事上连连失败，政治上连连失分。在这样的关头去，分明是去要饭，人家会给好脸色吗？她办过外交，她懂得外交是要靠实力和在棋局上的作用来说话的。去丢人，她一万个不愿意。可是，转念一想，自己的政治生涯已经和蒋介石绑在了一起，蒋损她必损，这是大处；从小处看，20多年的夫妻了，能看着他成天苦着个脸，常常莫名其妙地拍桌子、骂人、甚至像小孩子那样踢人吗？大厦将倾，自己的日子也不好过。她心软了。

宋美龄的预测在她未成行前就应验了。杜鲁门通过国务卿马歇尔通知宋美龄，她只能以"私人资格"访问。还没有下种，歉收已经是明摆的事了，一股不祥的阴影笼罩在宋美龄的心头。蒋介石更是暴怒异常，连骂美国"背信弃义"。

知道美国不欢迎，知道夫人心里一万个不愿意，在送宋美龄到机场的路上，夫妻俩一时无语。

> 时任国民党徐州"绥靖"公署副主任的李延年。

< 20世纪40年代的蒋介石。

国民党福州"绥靖"公署副主任李延年

山东广饶人。国民党陆军中将。黄埔军校第一期毕业。曾任国民党军第2师副师长，第9师师长，驻闽"绥靖"第三区司令官等职。抗战爆发后，任第十一军团军团长，第34集团军司令等职。抗战胜利后，任徐州"绥靖"公署副主任，第1兵团副司令，徐州"剿总"副总司令兼第九"绥靖"区司令，京沪杭警备副总司令兼第6兵团司令等职。1949年后去台湾。

看着飞机飞远了，蒋介石心里空落落的，难以平静下来。那边，徐州的事情还等着他呢，只好悻悻地打道回府。

蒋介石也看出了与会人员的疑惑，喉咙里干咳了几声，企图掩饰自己的窘态。他环视会场，向大家点点头，干干地说："好，好，就开会，就开会。"

照例由作战厅也即第三厅厅长郭汝瑰报告作战计划，他站在一张巨大的"敌我态势图前，一边比画着地图，一边说：

"目前共军南北两面皆为坚固纵深工事，我徐蚌各兵团攻击进展迟缓，如继续攻击，旷日持久，徒增伤亡，不可能达到与黄维兵团会师之目的。建议徐州主力经双沟、五河与李延年兵团会师后西进，以解黄维兵团之围。"

正当郭汝瑰滔滔不绝地讲施行这一方案的理由时，杜聿明坐不住了，他站起来，大声问郭汝瑰："在这样河流错综的湖沼地带，大兵团如何运动，你考虑过没有？"

会场立时乱了起来，有人大笑，有人起哄，有人无目的地瞎嚷嚷。

有人问杜聿明："左翼打不得，右翼出来包围攻击如何？"

杜聿明说："也要看情况。"

刘斐在一旁给杜聿明打气，连连说："打得，打得！"

又有人问杜聿明："你的意见如何打？"

杜聿明笑笑，没有回答。

会场总算安静了下来，顾祝同走到蒋介石身边，对他耳语道："要不，请光亭到小会议室谈谈。"

蒋介石点头同意。

会议开到了半截子，二人在众目睽睽下离开座位。

刘斐丢了一句："还能有什么办法，无非是由徐州西南逃跑嘛。"

一到小会议室，还没有坐下，杜聿明就急忙将和顾祝同讨论过的意见要向蒋介石汇报，蒋介石向他招招手，示意他坐在自己旁边："光亭，来，坐下，坐下说嘛。"

杜聿明还要说什么，被蒋介石打断了："按你们的计划，撤吧。"

空气有点沉闷。突然，蒋介石说话了："光亭，今天是你44岁生日吧？我已经让人

国民党空军副司令王叔铭 —————————————————————— —

山东诸城人。国民党空军一级上将。黄埔军校第一期、广东军事航空学校第一期毕业。抗日战争爆发后，任国民党政府空军第三路司令，空军第五路司令兼空军军官学校教育长，航空委员会副主任及代主任。抗战胜利后，任空军司令部副总司令兼参谋长，北平行营副主任。1949年随国民党军队去台湾。

杜月笙 ————————————————————————————————— —

上海人。早年靠贩卖鸦片起家，逐渐成为与黄金荣、张啸林并称的"上海三大亨"之一。1927年4月，参与"四一二"政变。曾任国民党政府咨议，法租界商届总联合会主席、公董局华人董事，中汇银行董事长，上海交易所、上海棉布交易所经理。抗战爆发后，与戴笠组织军委会江浙行动委员会淞沪别动队（忠义救国军）。1941年在重庆成立中华实业信托公司。1945年返回上海。1949年去香港。

安排，趁你回南京的机会，祝贺祝贺。你瘦了，要注意身体啊。"

"校长！我，我不能在南京久留，我马上回徐州。"杜聿明站了起来，激动地满脸通红。

"坐吧。令堂的70寿辰庆典准备好了吗？"蒋介石问。

杜聿明说："都是秀清准备的。请校长放心，学生一定全力以赴，以解国难。"

"好的，好的。"蒋介石边说边站了起来，走出了小会议室。

一到会场，蒋介石就问空军副司令王叔铭："今天午后要黄维突围的信送了没有？"

王叔铭回答："尚未送去。"

蒋介石说："不要送了。"说完，他环视了一下会场，问："大家还有什么意见吗？"

会场上鸦雀无声。蒋介石讪讪地说了声"散会"，便自顾自地走出了会场。

会场上立时响起了乒乒乓乓的桌椅碰撞声和嘈杂声。

撤退归撤退，杜聿明母亲的70大寿祝寿活动还是在上海如期举行，杜聿明的妻子曹秀清全权代理夫君。蒋介石特意派二公子蒋纬国到上海贺寿，还馈赠了10万金圆券作寿仪，可谓出手大方。上海的党政头目纷纷到杜公馆祝寿，其中有大名鼎鼎的杜月笙。

> 上海青帮大佬杜月笙。

曹秀清将这一切在电话中讲给杜聿明后，杜聿明受宠若惊，激动难耐。他哪里知道，这一切，无非是把他牢牢地绑在战车上的又一根绳索罢了。

老蒋有车，刘峙自然有辙，在这方面，他可是不含糊的。刘峙亲自布置副官处长筹办祝寿仪式，在"剿总"总部礼堂讲台上悬挂了一个大大的金"寿"字。刘峙亲自率领总部高级幕僚和各兵团司令官，向金字行三鞠躬礼。刘峙还当众大大地把杜聿明夸奖了一番。杜聿明能说什么呢？他只能按部就班地作答，然后是看京剧。不知道看的是不是《空城计》。有板有眼，像模像样那。

3. 自欺欺人撤如戏

撤退中的徐州可就没有那么有板有眼了。

杜聿明在南京一刻也不敢耽搁，军事会议一结束，他就急返徐州了。

刘峙正在焦急地等待着消息，一见杜聿明就问："撤还是守？"

杜聿明说："看来老头子这次是下了决心了，撤！"

"要撤，宜早不宜晚，夜长梦多呢。我看，总部人员今天晚上就可以飞机运往蚌埠。"刘峙说。

"对，我看，总司令你也今天走吧，蚌埠那一摊子没有你不行。这边，我来负责吧。"刘峙等的就是这句话，没有再说什么，一溜烟地回去收拾东西准备走了。

杜聿明可没有那样轻松，当晚，他就召集邱清泉、李弥、孙元良以及高级幕僚开会，布置撤退事宜。

杜聿明信心十足地说："委座已经下了从徐州撤退的决心。我们可以很有信心地预料，这次迅速决定的撤退行动一定会取得成功。依照共军平日作战的规律，每经过一次激烈的战役，至少有两个月以上的休整，我看共军只可能有一小部分部队留置在徐蚌地区，切断我军的补给线并牵制我军的行动，绝不可能在吃掉黄百韬兵团之后，还未曾消化得了，就有持续作战的能力。兵贵神速，这次撤退的行动正钻在他们大战后的间隙中，达成预定的任务，以退为守，以救出黄维兵团为目的。"

听着杜聿明信誓旦旦的话，大家将信将疑。

邱清泉、李弥、孙元良几乎是同时说："要撤就不能打，要打就不能撤。这可是个原则。副总司令，你可要掌握好呀。"

副参谋长文强没有说话。

办公厅主任郭一予眉开眼笑地连声说："委座高明，副总司令高明，这次撤退一定能成功。"

邱清泉他们狠狠地瞪着郭一予：你懂个屁！郭一予一看，知趣地收回了舌头。

邱清泉他们再急，也得耐着性子等杜聿明定下撤退的部署才能离开。

杜聿明提出的概略部署是：

30日，全面发动攻击以迷惑解放军。30日晚全部开始撤出徐州，第一个目的地是永城附近，第二个目的地是蒙城、涡阳、阜阳间地区，以淮河为依托，再向解放军进攻。撤退中以"滚筒战术"逐次掩护行进。

李弥的第13兵团先遣一个师，于29日晚以前占领萧县瓦子口等隘路，以掩护主力安全撤退。尔后归还兵团建制。

邱清泉的第2兵团于30日全面实行佯攻，以迷惑解放军。于黄昏后留少数部队于小姑集、四堡、白楼等处牵制解放军。掩护部队应努力迟滞解放军，到2月1日晚撤退。主力于30日晚开始撤退，务于12月1日晚到达瓦子口、青龙集附近，掩护军右翼安全，尔后经王寨、李石林到达永城以东及东关南关地区。

孙元良的第16兵团于30日对当面之敌实行佯攻，迷惑解放军，于30日黄昏后留少数部队于孤山集、笔架山一带迟滞解放军，至1日晚撤退归还建制。主力于30日黄昏后开始撤退，经萧县、红庙、洪河集，向永城西关地区前进。

李弥的第13兵团除先遣一师外，于30日晚在苑山附近及徐州市留少数掩护部队迟滞解放军，掩护部队至12月1日黄昏后撤退。主力自30日晚开始在第16兵团后跟进，向永城北关前进。

徐州警备司令部指挥地方军警于11月30日晚由徐州撤退，经袁圩、薛家湖向永城西关前进。

指挥部直属部队于30日晚归副参谋长文强指挥,由铁路附近公路经大吴集、孟集,向永城前进。

此外,还详细规定了从12月1日到3日各兵团及"剿总"指挥部的具体位置。要求各部队携带足7日的给养、500公里的油料及弹药,中途不补给。

部署已定,杜聿明神色严峻地说:"你们今晚就回去准备,限定于今晚做好撤退的一切准备工作。先按刚才的口头部署行动,书面部署随后就到。"

杜聿明强调说:

"此次行动要绝对保密,务使大军撤退做到神不知鬼不觉,不能使解放军明了我军的撤退企图,如有泄漏者,军法从事。"

紧接着,杜聿明又接连下了几道命令:

令副参谋长文强同殿后留置的李弥兵团部队,在部队安全撤离城郊之后,彻底破坏集中徐州火车站的所有火车头。

令总部第二处处长李剑虹,将图库储存的大量军用地图全部焚毁。

令徐州警备司令谭辅烈,征用徐州城郊所有公私车辆,供撤退之用;将徐州市各公私银行的现金集中,随军押运。

杜聿明忙啊,不过,从部署来看,忙得也还算有条有理。仔细想想,似乎没有什么漏洞了,杜聿明终于可以稍微喘一口气了。

还没有等杜聿明将气喘匀,他就接到报告,说,徐州机场一片混乱,拥挤不堪,徐州的政治、经济、党务各部门的要员纷纷挤到机场,准备撤退,连总司令刘峙的座机也因此耽搁,走不成了。

杜聿明一听,一股无名大火从胸中升起。可是,向谁发呢?他没有地方发泄啊!怕暴露企图,无法撤出,在南京的时候,他向老头子汇报后,对作战厅长郭汝瑰都没有说明。刚才还对三个兵团司令下了死命令,泄漏秘密者,军法从事。自己前脚走,后脚就有人把这么重要的军事机密捅到了徐州,差不多是家喻户晓,人人皆知啊。什么神不知鬼不觉?纯粹是自欺欺人!几十万人马的安危那,形同儿戏。那一股挥之不去的不祥的预感又一次涌上杜聿明的心头。

混乱还在继续。

平时该是夜深人静的时候,此时徐州街上却像过年一样热闹,脚步声、车辆碾压声、吆喝声,不绝如缕。得令的官兵到处抢购绳索、扁担,征用车辆,谁都想抢在前面。气粗的故意吆五喝六,先

∧ 1948 年 11 月 30 日，国民党军从徐州狼狈撤退，徐州大街上满是载运国民党军和军用物资的汽车，一片混乱。

声夺人。保密，保他娘的个腿。这么大的行动，能保密吗？

真是山雨欲来风满楼啊！汽车不多，牛车、马车、骡车也不错啊。不愿意给？那好，枪栓拉得哗啦啦响，看你要脑袋还是要东西。

已经睡下的人又起来了，互相打听着消息。

"国军要撤走了。"消息不胫而走。

有的人还将信将疑。突然，火车站那里传来了巨大的爆炸声。红光一片，火车头的碎片顷刻间飞射。不说徐州百姓了，几十里之外都能听到。规定在全部军队撤离城郊后再开始破坏的行动，国防部保密局派在徐州的爆破队长和李弥的工兵营，竟然提前半天开始行动。

杜聿明听得真真切切，也无可奈何。

"嘀零零。"电话铃声急切地响起来了。

电话是警备司令谭辅烈打来的。

"报告杜副总司令，情况不好，很不好。公私银行都是人去楼空啊。别说现金了，就是职员的家眷细软，也一概不见了。"

"你亲自去！"

"是我亲自带队去的呀，一连走了几家，都是一个样子啊。"

"什么时候运走的？"

"估计在大部队撤退前，都是飞机运走的。"

杜聿明一听，猛一拍桌子，大叫："老头子钱就是命，连泄漏军情都不顾，叫我怎么能打胜仗啊！"

杜聿明有所不知，徐州市的慌乱局面，早在黄百韬兵团被歼后就开始了，只不过是随着撤退消息的被证实愈演愈烈罢了。

当时总统府派往徐州战场的视察官李以劻后来回忆当时的情形时，是这样记载的：

徐州市区，自 11 月 22 日黄百韬兵团被歼后，溃兵伤兵纷纷窜入，人心已开始不安。从 23 日至 30 日一周之中，我听说将级军官未经许可擅自勾结陆军总医院王院长化装伤病潜逃者有邹公瓒等 7 人；校级军官化装伤病及贿赂飞机驾驶员擅离职守者达数十人；一般富商用黄金沟通空军站利用陈纳德运输公司的运粮回头机逃出者则不胜其数。有钱能使鬼推磨，在当时一定条件下是办到了的。美国人开的飞机中，在 11 月 27 日这一天有 3 个银行经理及面粉厂老板各花了十两金子才逃上飞机溜走。在临撤前 3 天，几十万人麇集在市内，有顶房卖屋的，有拍卖家具衣物的，有在街头抢劫的，有在戏院放手榴弹捣乱的，徐州市府有烧公文的。在 30 日，徐州剿总有烧公文与地图的，整日车辆滚滚，人心惶惶，大有大难临头之势。一般来说，人们（军人和商人）对共产党政策不明白，有些害怕。29 日，天尚未黑，商店已关门大吉。30 日，散兵游勇、流氓地痞、土豪恶霸在街上横行，将领官吏各色人等拥拥挤挤，汽车轧死市民，无人过问。

看看，看看，早就是风声鹤唳了。你 28 日才定下来要撤，人家 27 日就撤走了。

国民党 16 兵团司令官孙元良 — — — — — — — — — — — — — —

四川成都人。国民党陆军中将。黄埔军校第一期毕业。1937 年，参加淞沪抗战，因功擢升为 72 军军长。抗战胜利后，任重庆警备总司令部总司令。1948 年夏，任第 16 兵团司令官兼徐州"剿总"前进指挥部副主任。12 月，其部在逃离徐州途中被人民解放军包围，全军覆没。1949 年任第十编练司令部司令，后赴台湾。

4. 江淮河汉入掌握

既然局面不可收拾，也就管不了那么许多了，眼前还有大量未尽事宜需要处理：徐州"剿总"还存有大批军用地图及档案没有处理；补给区司令部存有大批武器弹药已经装上火车还没有来得及运走；库存的被服用具及粮食很多，不能给共产党留下。头绪纷乱，杜聿明需要的是镇静，条理分明。

于是，他临时下令：

地图档案由主管参谋在 12 月 1 日午前烧毁；
武器弹药由火车运至黄口车站，另候处理；
其他物资发给部队尽量携带。

各部队拖泥带水，走得很不利落。

到 29 日晚，李弥的第 13 兵团先遣师行动迟缓，到了 30 日早晨，才到了萧县。杜聿明对那里的情况一点也不清楚，他担心的是遭到解放军的阻击，打破他的撤退计划。

孙元良的第 16 兵团也没有按计划于 30 日对解放军进行佯攻，反而退守孤山集、笔架山、白虎山一线。命令是16兵团主力于30日晚撤退，结果只是掩护部队开始撤退。杜聿明也不明白，是误解了撤退命令还是有意为之。

从30日晚，各兵团就开始撤电话线，结果将"剿总"指挥部的电话线也撤乱了，一直到12月1日早晨指挥部撤走时也没有接通。

杜聿明成了聋子、瞎子、哑巴，懵里懵懂，如入云雾之中。

12月1日，杜聿明带着指挥部少数人员，急急忙忙上路了。

从车窗往外一看，杜聿明心里倒吸了一口凉气。所有商店都已经关门，住户的大门也都紧紧关闭着，满城死气沉沉，一片凄惨景象。路上倒是另一番景象，匆忙行进的部队，左冲右突的汽车、马车，拥挤不堪。汽车的喇叭声、马车驭手的甩鞭子声、叫声、骂声，混杂成一团，和卷起的烟尘一起，甚嚣尘上。

司机狠命地按着喇叭，无奈副总司令的车子不会飞，也只能见缝就钻，见隙就过，哼哼嗤嗤，大半天时间过去了，才走到徐州西门至萧县的公路上。司机一看，傻了眼了，公路上车挤车，人挤人，已经成了团，根本无法前进。

参谋人员气喘吁吁地回来报告："直属部队将其行进道路搞错了，以为是萧（县）永（城）公路，各部队已经开始行动，无法改变。"

"快，指挥各车队绕道铁路附近撤退。"杜聿明对参谋人员下了命令。

> 杜聿明放弃徐州，向永城方向撤退。我军先遣部队通过徐州市区追歼逃敌。

"副总司令，我们怎么走？"司机问。

"走南门，绕凤凰山便道到萧县！"

汽车刚要启动，回头一看，徐州城内火光冲天，杜聿明心里一惊。他不知道那是烧地图档案的结果，他害怕的是，解放军一旦追上来，淤积在这里的车辆一个也跑不掉。他又急忙下令：

"指挥各部队车辆绕到北行！"

各部队车辆混杂在一起，各有其主，又各有各的主张，掉头准备绕到底，坚持向萧县继续前进的……

杜聿明的车总算是冲出了重围，向南门而去。在庞大的车辆阵里，尽管是副总司令的座驾，也显得那样渺小、无助、可怜。

杜聿明的西逃队伍太大了，除了他的部队外，还有党政机关和被裹胁的青年学生，总共有30万之众！他的"剿总"办公厅主任郭一予就带了一个女职员，坐着刘峙走时遗留下的一部崭新的小轿车，开着收音机，夹在乱军中行进。

对国民党军逃窜时的狼狈相，新华社随军记者阎吾作了如下记载：

在徐州西南萧县到皖北亳州的公路上，遍地丢弃着匪军的公文、花名册、书籍和国民党党员证。许多满载各式弹药的辎重车和数十辆完好无损的美造大卡车也因开走不及，在公路上被我军缴获。在许多蒋军丢弃的背包中，装着他们刚从老百姓家中抢来的地瓜和高粱窝窝。蒋军第5军独立团4连士兵张超尤被慌乱逃跑的坦克压断了腿，他说："我们已两天没有吃饭了，只是没头没脑地逃命！"一路上，蒋军坦克、汽车、人马夺路逃奔，自相践踏。他指着路旁一具尸体说："这是被坦克压死的自己弟兄！"

西柏坡、华野指挥部，都密切关注着杜聿明的动向。就在杜聿明开逃的那一天，驻徐州东北西仓的华野渤海纵队正奉命监视徐州的动向。

11月30日傍晚，7师报告：徐州方向有巨大的爆炸声，可能是敌人在逃跑前进行破坏。消息不断被证实，敌人有弃城逃跑的可能。

12月1日，华野电令渤海纵队："迅速查明徐州情况，并向徐州急进，占领徐州。"渤海纵队立即命令第7师：

一、必须以最快的速度抢占徐州；

二、进城后要准备与逃敌的尾部火力接触；

三、控制城区，立即构筑工事，防敌回窜。

接到命令，7师指战员轻装疾进，于12月1日下午4时，由大许家以西直扑徐州，晚10时进入徐州。此前，华野1纵、12纵的侦察部队，已经进入徐州。

徐州城内，一片狼藉。当时的渤海纵队政治部副主任欧阳平后来回忆说：

杜聿明集团逃离徐州时十分仓皇狼狈，沿街丢弃武器、弹药、行装、背包、书籍、公文、花名册、军用地图，车站堆满米面、物资；票房里散落着卡宾枪、驳壳枪子弹；被军官们遗弃于街头的随军眷属哭哭啼啼。徐州西门至萧县公路，汽车、炮车、骡马牛车横七竖八，拥塞于途。城东公路上丢弃的两辆坦克中，有一辆的发动机还突突作响。

作为五省通衢、国民党"绥署""剿总"所在地、南京屏障的徐州，终于回到了人民手中。徐州解放，使我军"江淮河汉入掌握"，国民党的统治中心南京的门户由此大开了。

卡宾枪 ————————————————————————————————————— ▲—

短轻型步枪，又称"骑枪"、"马枪"。原为骑兵作战使用，西班牙人称骑兵为"卡宾"，故名。后来卡宾枪用于炮兵等特种兵作为自卫武器，也曾广泛装备于步兵，成为步骑枪。主要特点是比普通步枪枪管短，口径小，初速略低，重量较轻。按其发射性能可分为非自动、半自动和全自动3种。第二次世界大战中，半自动和全自动卡宾枪迅速发展，曾在战争中大量装备作战部队。

❶我军骑兵部队。

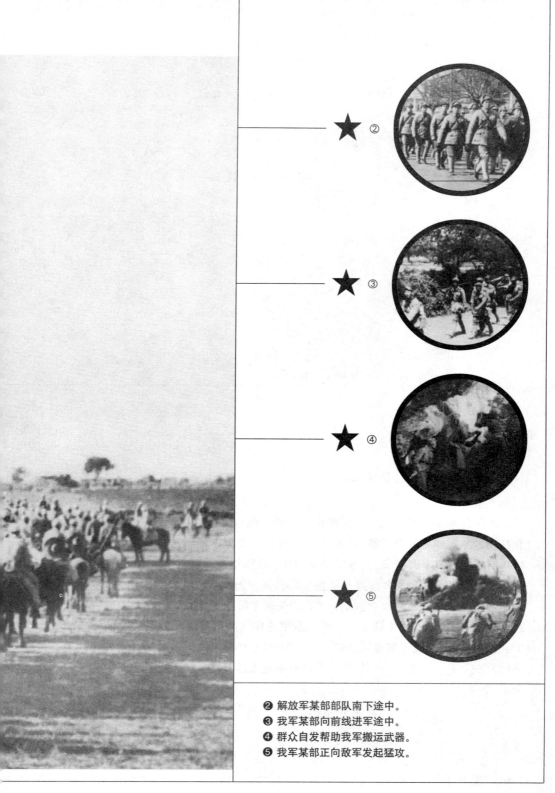

❷ 解放军某部部队南下途中。
❸ 我军某部向前线进军途中。
❹ 群众自发帮助我军搬运武器。
❺ 我军某部正向敌军发起猛攻。

张　震

（时任华东野战军副参谋长）

　　蒋介石见黄维突围无望，两次找杜聿明飞南京开会，并于 11 月 28 日决定放弃徐州，令刘峙率徐州"剿总"机关空运蚌埠，指挥李延年、刘汝明两兵团确保蚌埠，令杜聿明率邱清泉、李弥、孙元良 3 个兵团绕道永城南下，接应黄维突围。29 日，杜聿明令"剿总"前进指挥部和邱兵团沿萧县、永城公路撤退，李、孙两兵团沿萧县、永城公路以北撤退，李兵团先派个师占领萧县，掩护主力通过后归建。30 日午夜至 12 月 1 日上午，徐州敌军连同党政机关人员和被裹胁的青年学生共约 30 万人，成多路纵队蜂拥而逃。除邱兵团尚能按指定路线行动外，其他单位乱跑一起，道路拥塞，连杜聿明的坐车也无法开动，只好绕道徐州以南才跟上部队……

——摘自：张震《华东野战军在淮海战役中的作战行动》

黄　淑

（时任国民党第 13 兵团第 9 军军长）

从徐州撤退，李弥是不赞成的。11 月 29 日正午，在兵团部开会后，他对我说："要注意掌握自己的部队，靠别人是靠不住的。要随时相机采取断然行动，不要受他们（指杜聿明、邱清泉、孙元良）的拖累。"

按照杜聿明的命令，在徐州市及徐州以东苑山、不老河之掩护部队（第 8 军之一部）应掩护到 1 日黄昏后开始撤退，沿兵团行进路线到永城归建。

但李弥率第 8、9 两军（欠 4 个团）全部于 30 日晚（提前了一天）同"剿总"指挥部和主力部队同时撤退了，还在 12 月 1 日晚用报话机指示我，要我率领担任掩护的 4 个团在 2 日拂晓前撤向薛家湖……

——摘自：黄淑《淮海战役第 9 军被歼经过》

第二章

追击杜聿明

★★★★★

∧ 1948 年 3 月，毛泽东自陕北前往晋察冀解放区。

杜聿明集团的动向，逃不过毛泽东锐利的目光。作为一线指挥员的粟裕早已做好了应付敌人突围的一切准备。几乎在杜聿明抬脚开溜的同时，西柏坡急令：坚决堵住它！

邓小平下了死命令：不准敌人通过永城！

淮海战场，开了一场声势浩大的追击战，铁脚板与敌人的汽车轮子展开竞赛。

行行止止的杜聿明终于被堵在了永城西南。

1. 深思熟虑的毛泽东

也是在使蒋介石、杜聿明无法入眠的 1948 年 11 月 28 日夜，远在河北平山县西柏坡的毛泽东住处，灯光彻夜亮着。

已经快 10 点了，惯于在夜间工作的毛泽东的大脑在急速运转着。他又一次来到地图前，从上向下依次看去。辽沈战役胜利结束，东北全境解放；北平的傅作义集团正处在东北、华北两大野战军的钳击之中；淮海方面，黄百韬兵团被歼，不仅狠狠地打在了蒋介石、刘峙、杜聿明的痛处，更重要的是使他们乱了方寸，黄维兵团已经被紧紧包围在一个狭小的地域，动弹不得。蚌埠以北的李延年、刘汝明两兵团，粟裕的部队正在加紧包围。如果这两块能够尽快解决，那么，整个淮海战役就起了决定性的变化，淮海战役第二阶段也即告结束了。那么，现在要考虑的是如何完成第三阶段解决徐州蚌埠两处之敌、夺取徐州、蚌埠的问题了。毛泽东手中的铅笔在画着蓝色圆圈的"徐州"上不动了：夺取徐州，歼灭邱清泉、李弥、孙元良三个兵团！这 30 万人马，那可是蒋介石在淮海地区的精锐，他不会坐视被歼。那么，蒋介石和杜聿明将作何选择？

毛泽东点上一支烟，陷入了沉思。

杜聿明会守吗？毛泽东给自己出了一道题。我华野部队正虎视眈眈，看着眼前这块肥肉，严密监视着他们的动向。从蒋介石和杜聿明的角度考虑，最初，让黄百韬兵团向徐州靠拢，目的就是集中兵力同我军决战，接下来的南北对进、打通徐蚌，还是想集中兵力同我决战。结果，兵力不但没有集中，反而让我们吃掉了一个大兵团，包围了一个强兵团。徐州实际上几乎成了空城一座。如果我军能在短时间内歼灭黄维兵团，其兵力对比就不是当初的 60 万对 80 万了，而变成了 60 万对 30 万。杜聿明会算这个账。他不傻。

那么，蒋介石会向徐州增加援兵吗？毛泽东给自己出了第二个问题。徐州是南京的门户，处于南北交通枢纽之中，自古都是兵家必争之地，蒋介石当然不想也不会轻言放弃。问题是，在我军的打击下，蒋介石的重点防御体系也支离破碎了，北平方面，远水解不了近渴，那只有从武汉白崇禧那里调兵了。白崇禧会那么听他的？不听也有让蒋介石没有办法的理由。况且，白崇禧的部队大都在鄂西，远道增援，他们不会不顾虑落到黄维兵团的下场。毛泽东心里清楚得很，蒋介石早提出"守江必守淮"，有放弃徐州，保存实力的计划。在我军强大的战略包围下，他才不得不改变计划，与我摆开决战的架势。现在，徐州眼看不能再待下去了，蒋介石只有一条路了，三十六计，走为上。

谭震林 —————————————

湖南攸县人。土地革命战争时期，任中共湘赣边界特委书记，红一军团第12军政治委员，福建军区司令员，闽西南军政委员会副主席。抗日战争时期，任新四军第6师师长，新四军第2师政治委员，中共淮南区党委书记等职。解放战争时期，任中共中央华中分局副书记，华中军区副政治委员兼华中野战军政治委员，第三野战军第一副政治委员兼第7兵团政治委员等职。

> 时任华中野战军政治委员兼山东兵团政治委员的谭震林.

< 1948年，毛泽东与周恩来坐镇西柏坡指挥对国民党的战略决战。

杜聿明会从哪里撤退，撤退到哪里呢？毛泽东给自己出了第三道题。毛泽东的目光投向了两个地方，一是徐州东南面的淮阴、淮安地区，那里我军的兵力比较薄弱，可以拱卫南京；一是武汉，那里是华中"剿总"所在地，可以与白崇禧的部队靠拢。

10点，毛泽东发电给刘伯承、陈毅、邓小平并粟裕、陈士榘、张震、谭震林、王建安，提醒他们：

黄维解决后，须估计到徐州之敌有向两淮或向武汉逃跑的可能。因此，中野及华野谭王李各部，虽然一方面应当争取休息两星期左右，但另一方面又应当迅速处理战后工作，以利应付意外。此点请你们注意掌握。

2. 粟裕：杜聿明要跑！

华东野战军前指。已经连续几天守候在作战室的粟裕又在作战地图前站了好几个小时了。

接到毛泽东"完全同意打黄维"的电报后，粟裕及华东野战军领导人即将部署作了相应的调整：将中野第11纵队归还中原野战军建制，调华野第7、11纵队和特种兵纵队一部集结于宿县以南，准备参加对付黄维的作战行动。华野指挥所率第10纵队南下进至时村以西地区，作为预备队。以韦国清、吉洛指挥第2、6、13纵阻击固镇地区的李延年、刘汝明兵团，保障中原野战军的翼侧安全。在北线，由谭震林、王建安指挥第1、3、4、8、9、12纵和鲁中南、两广纵队共7个纵队监视徐州近郊的邱清泉、李弥、孙元良兵团，坚决阻其南窜，以确保南线战场我军的行动。黄维被围后，南线的李延年兵团也撤逃到蚌埠。华野立即决定，留6纵在蚌埠以北监视李延年，野司率第2、10、11纵队北返宿县附近集结待机，以确保南线战场的顺利发展。

黄百韬兵团被歼灭、黄维兵团被围，华野的部署也相应作了调整，但是，粟裕却一点也轻松不起来。徐州敌人的动向像一个巨大的钉子，楔在他的脑际，他吃不下饭，睡不好觉。

他首先关心的是围歼黄维兵团的时间问题。从他指挥华野打黄百韬的体会来看，估计在黄维被合围后，很难以野战手段达成全歼，势必转入以近迫作业为主的阵地攻坚战。因此，对围歼黄维的时间要作足够的估计。这是部署华野箝制、阻击作战的出发点。

对杜聿明集团下一步的动向，粟裕分析，有两个可能，一个是

> 韦国清，1955 被授予上将军衔。

韦国清 ————————————————————————————————

广西东兰人。土地革命战争时期，任红7军连长，红军干部团营长，红军大学特科团代团长，教导师特科团团长等职。抗日战争时期，任抗大第一分校训练部部长，副校长，山东纵队陇海南进支队政治委员，新四军第3师9旅政治委员、旅长，第4师副师长等职。解放战争时期，任华东野战军第2纵队司令员，苏北兵团司令员，第三野战军10兵团政治委员等职。

∨ 华野指挥员在研究最后歼灭杜聿明集团的作战方案。右起：张震副参谋长、粟裕副司令员、陈士榘参谋长。

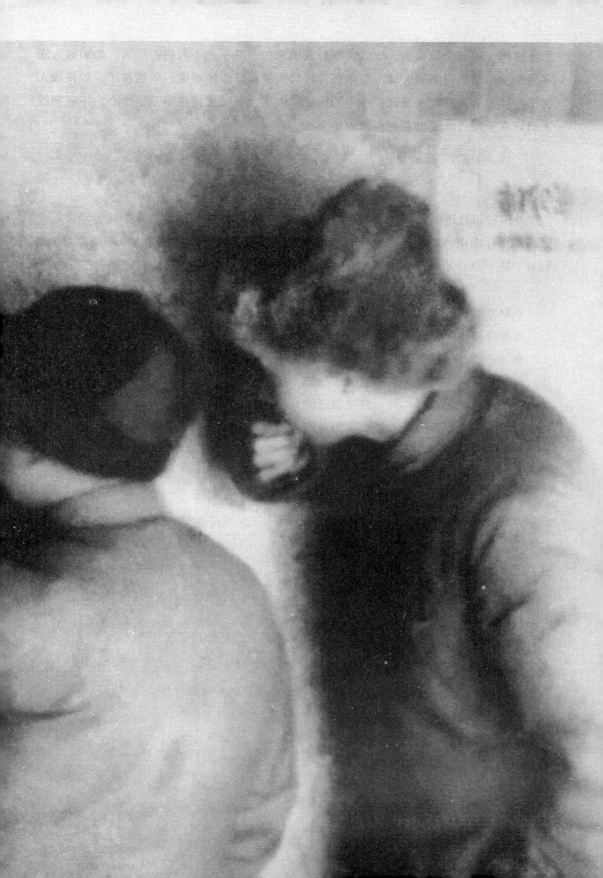

固守徐州；再一个是突围。敌人突围对我们来说，并不是不利的。因为，如果敌人固守徐州，以坚固设防的大城市为依托，将加大我军歼击的难度。问题在于，如果敌人突围，我们必须把敌人堵死在一定的地域，以求全歼。粟裕暗暗下了决心：不能把敌人堵死在徐州，而要准备对付敌人的突围。

正在粟裕苦苦思索的时候，毛泽东的电报发来了，连同发来的，还有一份军情通报：

外国通讯社透露，徐州敌有向连云港逃跑的企图，我们估计当黄维兵团已接近歼灭，邱李孙向南逃跑业已绝望时，其逃跑方向以向两淮或连云港两处为最大。因此你们对于这一点必须马上有所准备。

华野立即召开会议，研究部署行动问题。

粟裕静静地听着大家的发言。

有的主张，把主力放在徐州以东及两淮地区，以防意外；

有的主张，围死徐州，不让敌人出来。

听了大家的发言后，粟裕讲了自己的意见，他说：

"我经过反复研究、考虑，认为，徐州之敌不会固守徐州，突围的可能性很大。这点，和军委的判断是一致的。问题在对杜聿明突围的方向的判断上，我分析有三种可能：一是沿陇海路向东，经连云港海运南逃，但要迅速解决装载3个兵团的船只、码头是困难的。二是直奔东南走两淮，经苏中转向京沪，但这一路河川纵横，要经过水网地区，不便于大兵团、重装备行动。三是沿津浦路西测绕过山区南下，这一带地形开阔，道路平坦，距黄维兵团又近，可以同李延年、刘汝明两兵团呼应，南北对进，既解黄维之围，又可集中兵力防守淮河。敌人有极大的可能走这一条路。一旦杜聿明与黄维会合，战场形势将发生不利于我的大变化，所以这也是对我们威胁最大的一着。"

说到这里，粟裕稍作停顿，才继续接着说："大家都看了军委的军情通报。老实说，军委的军情通报让我左右为难啊。我虽然认为敌人不会从两淮方向撤退。但是，情报明摆着，不相信吧，万一情报是真的，敌人由此方向逃窜，而我们部署失当，个人承担贻误军机的责任且不说，重要的是，势必影响同敌人进行战略决战。相信这个情报吧，如果杜聿明不从这边走，而是向西南，与黄维会合，后果更难设想。权衡再三，我还是觉得，我们在兵力部署上要把重点放在敌人向西逃窜这一种可能上。如果杜聿明三个兵团真的向两淮方向突围，要经过水网地带，速度也不会快，我们完全可以赶得上。"

副参谋长张震站了起来，说："我完全同意粟司令员的分析和判断。战役进行到了现在这个样子，敌军如果撤出徐州，无论朝哪个方向逃，都已是强弩之末，再想'退守淮河'，已不大可能。最重要的一点，就是不能让杜聿明集团和黄维兵团会合，影响中原野战军的攻黄行动。"

陈士榘说："我认为粟司令员的分析判断是正确的。杜聿明既要救黄维，又想守淮河，走这条路可以收到一箭双雕的效果。如果让杜聿明与黄维会合，再加上李延年、刘汝明，战场形势就会发生急剧变化，对我非常不利。"

"说得对，我们在指挥上的难处，还有南线这一头。黄维兵团被合围后，当时有个估计三天可以全歼。军委27日电示我们，在黄维兵团快要歼灭但尚未歼灭之际，对李延年正面阻击兵力后退一步，引其前进，以主力从侧后打去，求得歼其一部。这使我极度紧张。我的担心是，我们打上了李延年，而围歼黄维兵团的作战未能迅速结束，杜聿明又跑出来了，不仅不能再增调兵力打黄维，而且只靠北线7个纵队，也难于完成合围杜聿明的任务，杜聿明集团虽然不会完全跑掉，但有可能跑掉一部分或大部分。"

张震说："如果按照我们的分析判断，华野主力应该部署在徐州西南。如果按照军委的判断，这种部署显然不行。如何处置，还要尽早定下来。"

粟裕点点头："对。不知道大家注意到了没有，军委现在提出的是一种估计，要我们注意。我们确实注意到了，而且经过了认真的分析，我们应该把我们根据战场形势作出的分析判断以及我们的部署意见报告军委，请军委考虑。华野主力应成弧线部署在徐州以南津浦线两侧。同时，待敌人离开坚固设防的城池后，准备在野战中将其一举歼灭。"

11月29日下午，粟裕、谭震林、陈士榘、张震联名签署电报，向中共中央军委及刘伯承、陈毅、邓小平和华东局报告了华野前指对敌情的分析和作战部署。电报中说：

黄（维）在由蚌北援无望的情况下，似只有缩集死守，待徐敌南援。另据听息，2兵团在徐办事处，均随军行动，声称南下。徐州"剿总"已改设指挥所，大部人员空运南京等情。据此，估计邱（清泉）、李（弥）、孙（元良）兵团有倾巢南犯增援黄维就便南撤，

或乘我主力围歼黄兵团未解决战斗，及李（延年）、刘（汝明）兵团南撤我主力南追之机，即集中二等部队向我攻击，主力乘隙向南，或向两淮突围可能。否则，黄维被解决之后，邱、李、孙处境更利我各个击破。

我即遵指挥调整部署，除经江淮两个旅进入淮南，协同先纵（华东野战军派往皖浙赣地区，开展游击战争，为大军渡江创造条件的先遣部队）辗转破击浦蚌段铁路，不让敌重新调整兵力投入蚌埠外，另以13纵控制固镇、曹老集间地区，部署阻击蚌敌可能北援，或西援黄维。南线各部，除11纵（王张）、四、七纵、特纵，配属中野参战外，其余2、6、10及苏11纵，即集结宿（县）、灵（壁）、固（镇）及宿县东北地区待机，准备适时增加必要兵力，最后解决黄维。同时准备诱引邱、李、孙兵团沿铁路东侧南下至唐河北岸地区，会合北线各纵，由两翼出击，求歼敌于徐州夹沟西测地区。如敌向东南突围时，我亦可适时机动截击。应在黄维未基本解决前，以阻击徐州之敌保证围歼黄维作战为主，只有黄维大部解决后，再视机诱敌南下，以便聚歼敌主力于徐州外围地区（阻援程度视中野对黄维作战情况发展而定），至时不仅华野主力参战，如兵力不足，中野亦可以一部参加，协力解决邱、李、孙。如能如期歼灭黄维，同时或以后再歼邱、李，则中原战争基本解决。故我中野、华野目前阶段，均宜以全力争取实现续歼黄、李、邱之方针。

在徐州南指挥阻击作战的谭震林、王建安根据邱清泉、李弥、孙元良3个兵团部署"重心放在东面"的情况，也判断徐州敌人可能突围，其方向最大可能是向东南方向。11月29日16时，他们向粟裕、陈士榘、张震并中央军委报告：

邱、李、孙有向东南逃走企图，建议迅速完成对其包围。为坚决迅速完成对邱、李、孙兵团的确实包围，不让他们逃脱，必须再有两个主力纵队担任从双沟至单集线的防御，阻止邱、李、孙向两淮方向逃窜。

< 王建安，1955被授予上将军衔。

王建安

　　湖北黄安（今红安）人。土地革命战争时期，任红四方面军第10师28团副团长、30团政治委员、红30军第88师政治委员、红4军政治委员等职。抗日战争时期，任八路军津浦支队指挥，山东纵队副司令员兼第1旅旅长，山东军区副司令员，鲁中军区司令员等职。解放战争时期，任华东野战军第8纵队司令员，东线兵团副司令员，第三野战军7兵团司令员，浙江军区司令员等职。

　　在蚌埠北面指挥阻击作战的韦国清、吉洛也认为，徐州之敌南进无望时，有可能放弃徐州。其撤退方向，可能是集力南下救黄维再南窜，也有可能乘我军运河线空虚，经两淮逃窜，或空运南窜。11月30日，他们致电总前委和中央军委，建议南线的几个纵队迅速经泗县开泗阳地区，防止敌人乘隙经两淮或作围攻两淮准备。

　　真是英雄所见略同啊！

　　11月30日17时，毛泽东回电粟裕等，称：

　　'各项估计及意见均甚好'。

　　自己的分析判断得到了军委的认可，粟裕却一点也轻松不起来，再准确的分析也毕竟是分析，我们毕竟不是敌人肚子里的蛔虫。战场形势瞬息万变，必须做好一切应变的准备。他和陈士榘、张震等日夜守候再作战室，密切注视着情况的变化，一遍又一遍地设想着临机处置的一个又一个方案。

　　政治部主任唐亮急匆匆地进来，将一封拟以华东野战军前委、野战军政治部名义发

▽ 山东解放区人民欢送华野10纵南下杀敌。

布的《关于全歼当面敌人争取战役全胜的政治动员令》的草稿递给粟裕，请他签发。

粟裕认真看后，高兴地说："好，这是精神食粮。赶快发！"

......当前敌我态势：黄维兵团已被中原兄弟兵团包围压缩于双堆集周围纵横不到5公里的狭小地区；由蚌埠、固镇北援之敌李延年、刘汝明兵团，已在我南路部队猛追下狼狈逃向蚌埠；徐州敌"剿总"已逃蚌埠，敌邱、李、孙兵团弹缺粮竭，又遭到我北线强大部队坚强阻击，正图夺路南逃，敌放弃徐州意图已明。估计该敌动向有两个可能：

（一）倾巢南犯，随占宿县，图解黄维兵团之围；

（二）如援救黄维兵团无望，不愿再来送死，倾全力退走两淮，或西走武汉，东走连云港，徐图挣扎，则路程过远可能较少。因此，我华野全军的任务：第一步，是在黄维兵团未被歼灭前，坚决阻击由徐南援之敌，及可能由蚌再行北援之敌，保证中原兄弟兵团的侧翼安全；第二步，当徐州之敌倾巢南犯，或向西南窜犯，或图由两淮逃走，则应不顾一切，不惜任何伤亡代价，坚决地干脆地予以全部歼灭，不让敌人逃到江南。我全军上下必须紧张动员起来，坚决贯彻党中央歼蒋主力于长江以北之方针，全歼黄维兵团，全歼邱、李、孙兵团，取得淮海战役的全部决战胜利而勇敢战斗。前委与野政特向我华野全党全军发出如下的号召和命令：

1、认真做好思想准备，重新进行战役动员，必须认识这次淮海战役是一个带有决战性质的战役。如果我们全歼黄维兵团取得第二个大胜利，对于江北战局将是有决定意义的胜利，而全歼邱、李、孙兵团的决战胜利，对于全国战局将是有决定性意义的。中央早已指出，这样就等于基本上解决了蒋介石的主力，中国问题在军事上也获得了基本解决。这一个决战，将是我军在江北最关重要最有决定意义的一仗，也是我军在江北最大和最后的一仗。这一仗的胜利，不但可以解决江北问题，也为为大军过江南造成更有利的条件。我全军上下必须认识这一任务的伟大、艰苦和光荣，发扬勇猛顽强连续战斗的精神，不怕饥寒，不怕伤亡，不惜任何牺牲代价，不怕任何疲劳艰苦，坚决地干脆地全部的歼灭敌人，争取决战胜利，不让敌人跑到江南。敌人数量虽然不少（邱'李'孙兵团共有21个师，连同各种后方机关约有25万人），但在增援黄百韬兵团的作战中伤亡很大，就是蒋纬国亲自指挥的装甲部队，也被打毁30多辆坦克。孤军无援，军心动摇，胜利一定是属于我们的。我们要有连续作战克服任何艰难困苦的思想准备，不顾一切争取决战胜利的无敌气概。

2、必须针对战役的决战性及其连续性，善于抓紧时间，利用战斗间隙迅速整理组织，充实战力，做好连续作战的组织准备。

············

3、加强一切战斗准备：

（1）要估计到敌人在这一战役中，必须要倾全力不择手段进行垂死挣扎。因之要主意保存自己力量，要不怕流汗，做好工事，注意防空，及某种情况下的防毒。

（2）后勤工作要更加紧张，充分准确及时保证粮弹供应及伤兵转运，供给人员要克服困难解决给养，改善伙食，并应令所有部队争取时间休息，及时恢复疲劳，以保障部队体力，防止情绪高涨体力不及的现象。

（3）发挥战时政治工作的成功经验。在战斗中进行不间断的连续的解释工作，利用战斗间隙开展军事民主及政治民主，充分发挥全体指战员的政治积极性，保持高涨的战斗情绪。

4、各兵团之间、各部队之间，要更注意密切协同，要注意步炮协同，以我们的团结一致和协同动作，取得彻底歼灭当面敌人的胜利。

5、我们的口号：

（1）配合兄弟兵团，争取全歼黄维兵团的大胜利。

（2）全歼邱、李、孙兵团，争取淮海战役的全胜。

（3）贯彻连续作战的思想准备和组织准备，不骄傲，不急躁，不懈怠。

（4）不断改进技术，不惜任何代价取得决战胜利。

（5）勇猛、坚决、干脆、彻底地全歼敌人，不让敌人逃到江南去。

（6）发扬不怕疲劳，不怕饥寒，不怕伤亡，不怕困难，克服一切困难勇敢战斗连续战斗的歼敌精神。

（7）实行即俘即补即打，巩固提高新解放战士。

（8）整理组织，充实战力，大胆提拔基层干部，准备一战再战。

（9）在最有决定意义的伟大决战中，为人民立大功劳。

（10）一切力量用上前线，把战斗进行到底，一切为了战役的全部胜利。

（11）团结协同，贯彻加强纪律性。

（12）以我们的战斗胜利，争取全国胜利更加提早到来。

（13）活捉黄维，活捉邱清泉、李弥、孙元良，为全歼当面敌人而战。

政治动员令迅速传达到了各部队。

与此同时，各方面的情况接踵而来。

11月30日前后，国民党空军运输机在徐州、蚌埠间往返频繁，情况异常。

第12纵队司令员谢振华报告：35旅105团团长何传修摸到了徐州郊区的敌人飞机场，发现机场里空勤人员寥寥无几，主要指挥官已经离开机场，徐州"剿总"总司令刘峙已经乘机逃走了。

11月30日下午，第9纵队司令员聂凤智报告：在萧县方向活动的侦察营，发现敌人大部向萧县前进，据俘虏的敌连长和军需官供称，敌将取道永城南下。我正面之敌以猛烈炮火，盲目射击，但攻势锐减，判断是掩护主力逃跑。

11月30日全天，杜聿明的指挥部与邱清泉、李弥、孙元良兵团之间的通讯联络明显增多。军委军情通报称，据军委二局侦听得知，30日20时起，徐州"剿总"电台全部停联，报务员反映"要行军"。

12月1日凌晨得悉，徐州守敌三个兵团连同大量地方党政人员正向西南撤逃。

同一日，军委二局截获邱清泉致蒋介石的电报：

谢振华

江西崇义人。土地革命战争时期，任红三军团独立营政治委员，第5师14团政治委员等职。抗日战争时期，任八路军总部特务团政治委员，总政治部敌工部副部长，第5纵队组织部部长，新四军第3师24团团长等职。解放战争时期，任华中军区第6军分区副政治委员，华东野战军第12纵队副政治委员、副司令员、代司令员，第三野战军30军军长，华东军政大学第1总队政治委员等职。

兵团遵命于30日一举脱离敌人，进出徐州西南地区。

敌人撤退的消息完全被证实了。

已经占领徐州的第12纵队司令员谢振华报告：他们在萧县附近俘虏了邱清泉部第200师的1名士兵。

谭震林说："看来杜聿明集团主力还没有走远，杜聿明不会丢下邱清泉不管的。"

杜聿明要跑！事不宜迟。

粟裕坚定地说："不能让杜聿明跑了，立即命令各纵队展开迂回追击、平行追击与尾追，追歼杜聿明集团于徐州西南地区！"

杜聿明集团撤退的情况以及采取的战法立刻报告到了西柏坡。

> 1948年12月1日，我军进入徐州市区。

12月2日早晨7时，彻夜工作的毛泽东电令粟裕、陈士榘、张震、谭震林：

敌向西逃，你们应以两个纵队，侧翼兼程西进，赶至敌人先头堵住，方能围击，不要单靠尾追。

3. 邓小平：不准敌人通过永城

小李家村指挥部，刘伯承、陈毅、邓小平的目光一齐投向了徐州西南90公里处的永城。从徐州到永城，有徐永公路通过，便于机械化部队开进，如果没有阻拦的话，杜聿明集团用不了几个小时就可以到达。如果让杜聿明到了永城，往西可以分散逃走，往南则可以会同蚌埠方向出来的李延年、刘汝明兵团一起接应黄维兵团，使黄维再由里往外打，形成里外夹击中原野战军的局面，后果不堪设想。

此时，华东野战军主力集中在徐州周围和蚌埠地区，中原野战军主力集中在双堆集附近，一时难以到达永城，而永城地区只有豫皖苏第3分区部队守备。

正在焦急之时，第3军分区副司令员邢天仁气喘吁吁地赶到了小李家村。

邢天仁顾不上喘口气，报告说："我们3分区萧县县委通过在徐州的情报网，截获了敌人决定11月30日'放弃徐州，出来再打'的重要情报。我们认为，敌人撤退的时间、路线都很可靠。"

"来，坐下，坐下。"邓小平示意邢天仁坐下后，严肃地对他说："敌人是要逃跑，而且你们守备的永城是必经之地。总前委已经命令华野几个纵队日夜兼程赶往永城堵截敌人，在大部队到达之前，如果敌人先头部队赶到永城，你们无论如何不能让敌人通过永城。永城兵站很重要，要组织好防卫，绝不能让敌人抢占。只要你们能在永城坚持2～3昼夜，张国华司令员将率4个团赶去支援，华野部队很快也会赶去。明白了吗？"

"首长，明白了！我们的任务是，不准敌人通过永城！"

"分区部队即使打光了，也不准敌人通过永城！"邓小平强调说。

"是！请首长放心，即使打到一兵一卒也不能让敌人通过。"

邢天仁风风火火地走了，邓小平自言自语道："又是过硬的时刻啊！"

接到命令，司令员李浩毫不含糊，组织所属部队立即疏散了总兵站的物资，并在永城北沱河南岸构筑了3道防御工事，死死地守住了杜聿明集团南逃的必经之路。

与此同时，粟裕、陈士榘、张震也把目光移至了豫皖苏军区的地方部队身上。粟裕心里十分清楚，杜聿明集团撤退的方向是徐州西南，而我华东野战军主力位于徐州南

> 张国华，1955 被授予中将军衔。

张国华

江西永新人。土地革命战争时期，任第 2 师 6 团党总支书记，红一军团政治教导大队政治委员等职。抗日战争时期，任八路军 115 师直属队政治处主任，鲁西军区第 7 支队政治委员，教导第 4 旅政治委员，冀鲁豫军区第 9 军分区政治委员等职。解放战争时期，任晋冀鲁豫野战军第 1 纵队副政治委员，第 7 纵队副政治委员，豫皖苏军区司令员，第二野战军 18 军军长等职。

面和东南方向，较敌人晚一天行程。只有迟滞敌人的行动，才能赢得时间。

12 月 1 日午时，粟裕、陈士榘、张震电示豫皖苏军区各地方部队：

立即在砀山、夏邑、商丘、柘城、兰封线布置阻击，并控制涡河、沙河船只、渡口，利用一切可以利用的障碍，阻延杜聿明集团向西南逃窜，以待主力到达为止。除坚决阻击迟滞敌之逃窜外，应随时将敌到达位置电报告野战军司令部，以便组织主力会歼。

粟裕、陈士榘、张震的部署是：

渤海纵队由大许家、宿羊山地区，立即沿陇海路向徐州急进，占领徐州，尔后除以 1 个师控制徐州市外，主力向萧县跟踪追击前进。

第 12、第 1、第 4 纵队分由潘塘、张棋杆、褚兰、双沟、朝阳集地区经徐州南四堡

∧ 徐州国民党军撤逃后，贾汪煤矿的煤炭源源不断运往徐州支援我军作战。

之间并列平行向徐南间兼程急进，尾敌侧击追歼。

　　第9、第8、第3、鲁中南纵队经由城阳、桃山集、永固砦、杨庄、栏杆集、路町、夹沟地区，向瓦子口、濉溪口、五户张集、祖老楼急进，截歼逃敌。

　　第10纵队由蒿沟、卢庄镇之间经宿县向永城疾进。

　　苏北兵团率第2纵队由固镇地区经宿县向永城急进，为第2线截歼部队。

　　第11纵队由固镇西南地区向涡阳、亳州急进，为第3线迂回部队。

　　冀鲁豫军区两个旅及两广纵队在原阵地待命出击。

　　特纵坦克20辆即刻参加追击。

　　命令要求：尾随部队和平行追击部队，务必沿徐州敌人向西的退路跟踪猛追，并防止敌人在无法西窜时回窜徐州，以勇猛动作，由敌人侧后，插入敌人行军队形，截成

数段，使敌人无法站稳阵势。迂回拦截部队尽最大努力以强行军速度，务必尽力赶到敌人先头，而截住其退路，并迅速分割敌人。截住敌人后将敌行军队形截成若干段，这是最便于歼灭敌人的办法，而乘敌人于夜间行军中，以勇猛动作截击，又是最易达成截断敌人的办法。望各部集中兵力，果敢行动，特别是跟在敌人侧后的各纵队，应注意采用此手段。

　　又一场声势浩大的追击战开始了。

　　总前委作战室的灯火通宵达旦地亮着，电话铃声不断。刘伯承、邓小平、陈毅轮流守候在作战室，悬着的心怎么也放不下来。狭路相逢，勇者胜。这可是同敌人的汽车轮子比速度的时候啊。

12月2日，天刚蒙蒙亮，一阵阵急促的跑步声在小李家村边响起，原来，是从蚌埠赶往永城阻敌的华东野战军第2纵队的部队正好通过。

刘伯承、陈毅、邓小平又是一夜未眠，听到消息，陈毅建议："走，看看去。"

当三人赶到村外时，只见干部战士们正以近乎跑步的速度在急行军，跑过他们身边都没有慢下来。正是寒冬，凌晨的气候格外寒冷，有的战士却脱掉了棉衣，上身的衬衫被汗水湿透了，头上冒着热气。

2纵司令员滕海清翻身下马，向他们敬礼，他的头上也冒着热气。

"你们辛苦了，战士们辛苦了。"

< 滕海清，1955 被授予中将军衔。

滕海清 ——————————————▲—

安徽金寨人。土地革命战争时期，任红四方面军第11师第32团连长，红四方面军第33团营政治教导员，第10师28团政治委员等职。抗日战争时期，任八路军129师385旅教导大队大队长，第4纵队5旅旅长，新四军第4师旅长等职。解放战争时期，任华东野战军第2纵队6师师长兼政治委员，第13纵队副司令员，第2纵队司令员，第三野战军21军军长。

邓小平说："现在情况紧急，敌人正星夜向永城前进，我们在那边空虚，你们还要加快速度。"

像是为邓小平的话加注脚似的，远处传来敌机的轰炸声和扫射声，他抿了抿嘴，叮嘱道："现在是和敌人比速度的时候，不管白天还是黑夜，不管敌人的飞机轰炸、扫射，不管掉队多少，一切都不要顾及，一定要赶到永城挡住敌人！"

"是！"

滕海清翻身上马，绝尘而去。

滕海清不能不急啊！敌人在逃跑中情况多变，2纵的截击任务也跟着多变。12月1日上午接到的命令是："限两日进到濉溪口。"下午，查明敌人向西南逃窜，命令改为"急赶亳州"担任2线截击。当晚，2纵由固镇飞兵疾进，一天两夜赶到张公店，行程达100多公里。3日晚，又接到受命"转向濉溪口"，接着，又改为"继续向亳州进发"。部队出发后，先头已经进到岳集，纵直进到临涣集时，接到"停止前进"的号令。最后改向东北，赶到赵集、铁佛寺地区，数小时之内，三易前进方向。从上到下，只有一个信念："执行命令就是胜利！"

4. 绝不能让杜聿明跑掉

淮海大地，又一次上演了一场最大规模的追击、堵击作战。天上是国民党飞机的袭扰、轰炸，地下是被严寒冻结的大地。华野11个纵队，不顾粮食和弹药供给不及和炮兵跟不上的困难，对杜聿明集团展开了穷追猛堵。人的奔跑声、骡马的嘶鸣声、车轮的碾压声，混成一片。江淮天寒地冻的大地，荡漾着滚滚热气。铁流滚滚，分不清哪里是头，哪里是尾。

华野9纵司令员聂凤智接到前指的命令后，不顾敌机轰炸、扫射，立即向西南迅猛追击。25师前卫74团于12月1日黄昏前赶到了萧（县）永（城）公路南侧的官路口地区，占领了洪碱河南岸的几个村庄，抢构阻击阵地；26师前卫也占领萧永公路南侧之沈顺、小圩子诸点，构筑阵地，做好了战斗准备。

夜晚，聂凤智带领前指进到五户、张集。

2日凌晨3时许，忽然听到官路口方向枪声大作，判断是敌人的先头部队已经与我25师接触了，但是，没有多长时间，枪声却沉寂下来了。

原来，敌5军45师133团3营摸黑窜进官路口宿营，恰巧与我74团3营混住在一起。

3营营长检查工事回来，正在洗脚，身上披着一件缴获的美式陆军短大衣，也没有戴帽子。

正在这时，一个当兵的来卸他房东家的门板。他问道：

"你是哪个连的？"

那个兵立正回答：

"报告长官，我是8连的。"

营长一听，士兵的答话很不顺耳，抬眼瞅了瞅这个兵的着装，误以为是一个未经教育的俘虏兵，立即命令道：

< 聂凤智，1955年被授予中将军衔。

聂凤智 — — — — — — — — — — —

　　湖北礼山人。土地革命战争时期，任红4军第12师连长、连政治指导员，红9军第27师81团副团长，红31军团长、团政治委员等职。抗日战争时期，任抗大副团长、一分校胶东支校校长，胶东军区第5旅旅长，中海军分区司令员等职。解放战争时期，任山东军区第6师师长，第5师师长，华东野战军第25师师长，第9纵队司令员，第三野战军27军军长等职。

∧ 淮海战役期间，国民党军放弃徐州南逃，徐州机场的飞机成为我军战利品。

"叫你们连长跑步到我这里来！"

对方立正回答："是！"一个后转走了。

不一会儿，外面传来一声"报告"声。营长抬头一看，站在他面前的竟然是一个头戴大檐帽的国民党军官。两人都愣住了。空气凝固了一般。

机灵的通信员一步上前，扑上去下了这个连长的枪。

敌人误以为中了我军的伏击，顿时乱作一团，胡乱打枪，狼奔豕突，大叫大嚷："被共军包围了，被共军包围了！"

营长果断命令，先下手为强，三下五除二，干净利落地将误入我军宿营地的敌人大都收拾了。

12月2日拂晓，敌人向我74团阵地发起了攻击，激战至下午，部分突入我军阵地的敌人，被我军消灭。我趁机出击，歼敌一部，迫使敌人退回相山庙以北沿洪碱河堤与我对峙。

聂凤智的头脑很清醒，此时，敌人的主力已经沿着萧永公路以北向西逃窜，自己的任务是要把西逃之敌全部拦截住。决不能与敌人纠缠！以少数兵力监视敌人，主力继续向西展开平行追击，一定要将西逃之敌全部兜住！

部队已经两天两夜没有合眼了，非常疲劳，有的战士倒在路旁就呼呼睡着了。营以上干部还可以在马背上打个盹，有的掉下马来还醒不过来。

怜悯自己就是放纵敌人！号音又一次响起，战士们一个个像上了发条的弹簧，一个心眼向前冲去了！

敌人乱作一团，慌不择路。我军的多路追击队伍同敌人搅在了一起。有一个团的后勤处带上骡马分队插在敌人序列里走了半夜，敌我双方竟然都没有察觉。敌人77军军部和特务营同我76团2营同行在一条路上，天很黑，彼此谁都没有察觉。突然，营部通信员发现有戴大檐帽的国民党军官，悄悄报告了营长。一声令下，全营迅速展开队形扑向敌人，当敌人醒悟过来时，已经成了我军的俘虏，连参谋长李延照也没能逃脱。

12月3日拂晓前，9纵前卫25师73团在大回村与敌人的先头部队遭遇。我军迅速出击，猛打猛冲，歼灭敌人一个营，控制了大回村以西地区，超越了敌人。

聂凤智赶到大回村，得知大回村以北还没有友邻部队，立即命令刚到大回村的27师折向北直插薛家湖、芒砀山，封死敌人西逃的口子。疲劳已极、正准备休息的27师，二话不说，把刚刚下锅的米留给纵直，带点干粮就上路了。午夜，27师占领薛家湖，直抵芒砀山脚。此时，芒砀山已经被敌人占领，27师乘敌人立足未稳，一举攻克芒砀山，歼灭敌人一个团，控制了芒砀山。

"有没有敌人在我军封口之前向夏邑方向西窜呢？"聂凤智心里产生了疑问。他立即命令一部分部队向夏邑方向查找有无漏网之鱼。当得到可靠消息后，聂凤智的心里总算是一块石头落地了。

8纵是12月1日午后由徐南阻击阵地出发的。他们不顾敌机的扫射、轰炸，日夜兼程，经夹沟、濉溪口，急行军100多公里。开始，部队还远远落在敌人南侧的后方，到了2日午后，先头部队便抢占了永城，拦住了敌人的逃路。黄昏时，全纵队控制了铁佛寺、菊集、大回村地区，并向敌人压缩，和敌人在李石林、孟集、陈庄地区对峙。4日拂晓前，追至永城苗乔地区。

鲁中南纵队从夹沟以南向五户、张集迂回拦击。部队刚刚从阵地上撤下来，来不及休息，来不及整补，就马不停蹄地投入追击的行列。到12月4日，追至青龙集以南。

12月1日黄昏前后，3纵各师团多路开进，夜行50多公里，于次日凌晨在瓦子口追上了敌人。此时，邱清泉兵团先头已经进至祖老楼一带，李弥兵团先头已经到达大回村以北地区。司令员孙继先当即部署8师攻占瓦子口，并向王寨以北猛插，歼灭王寨之敌，截断敌人前进的道路；9师两个团向祖老楼攻击，占领后继续向北插进。

他们扭住的敌人是国民党的主力之一———5军。

8师进至瓦子口附近截获敌人的辎重车20多辆，于2日黄昏攻占瓦子口。12月3日早晨3时，22团、24团尾追逃敌至王寨，至6时，全歼敌39师96团，俘虏800余人，截获汽车30多辆。

同日，9师27团连克范庄、刘庄，击毙俘虏敌人45师200余人，并插进至黄月店、高窑一带。

9师25团是在一连串的战斗后，来不及休息，来不及充实，急行军50多公里后，一刻未停，便向刘楼之敌发起进攻。1营、2营攻入庄东北角后，遭到敌人顽强抵抗。敌人的炮火猛烈地袭来，后续部队无法支援，突出庄内的7个连只能孤军奋战，与8倍于己的敌人展开激烈的争夺战。几经反复，我军阵地都被敌人的炮火摧毁，各连仍在顽强战斗。

情况危急！2营副营长赵守田从各连抽调了100多人组成突击队，进行爆破突击。"张得胜连"突击班长江洪君带领全班一直战斗在最前

国民党第5军

中央军嫡系主力部队。1939年1月，国民党新编第11军改番号为第5军。第5军是国民党军组建的第一支现代化的装甲部队，曾由徐庭瑶、杜聿明、邱清泉、熊笑三统领，被誉为"铁马雄师"。抗日战争时期，曾获得昆仑关大捷。1942年3月赴缅甸对日作战。该军在淮海战役第三阶段作战中被人民解放军全歼，它是国民党"五大王牌"部队中最后的灭亡者。

面。子弹打光了，手榴弹打光了，眼看敌人哇哇叫着冲了上来，情急之中，他们把敌人遗弃在屋子里的炮弹掷向敌人，硬是将敌人击退。

7连连长、战斗英雄赵云亮率领该连用连续爆破的方法攻入庄内，一连拿下4个地堡，又击退敌人的4次反击。到天亮时，该连坚守在阵地上的十几个伤病员手中只剩下3支步枪和1挺机枪。

3日午夜，25团攻占祖老楼，将敌5军45师压缩于相山庙、孙庄、刘楼地区。

4纵以一昼夜60多公里的速度向西猛追，呈现在眼前的，到处是敌人抛弃的重装备、为夺路而掀翻的大卡车、洗劫一空的村庄。

"决不能让他们跑掉！"

不能睡觉，就边走边打盹，用冷水浸湿脸提提精神，一天两夜，只用很短时间吃了一点饭。终于在第三天傍晚，在萧县以西

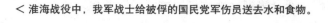

的张寿楼、郝汉楼地区抓住了杜聿明集团的后卫掩护部队。郝汉楼，是萧永公路上的一个大庄子。敌第8军第42师师部率3个步兵营和一个炮兵营于3日傍晚撤至该地，即赶筑工事。我4纵10师30团发现这一敌情后，令3营迅速歼灭该敌。营长带领两个连自西向东，教导员带一个连和团警卫连自东向西，对敌人发起猛烈攻击。激战4个小时，全歼守敌1个师部及4个营，俘获敌副师长以下人员1,800余人。

12月4日晚上，4纵一个营攻克了敌人后卫掩护部队占领的萧永公路北侧的要点阎阁，遭到敌第8军1个团在7辆坦克支援下的疯狂反扑。在连续打退敌人两次冲击后，终因众寡悬殊，阵地被敌人突破，全村被敌人的燃烧弹烧成一片火海。

教导员杨士曙振臂一呼："有2营就有阎阁！"

每个班、每个组、每个战士，分别利用地坎、墙角为依托，各自为战。衣服被烧着了，就地打个滚，爬起来再打。子弹打光了，就用刺刀拼！

紧要关头，在阎阁西北执行任务的两广纵队一支侦察分队，主动向敌人侧后发起突然袭击，2营乘机组织反击，敌人弃尸400余具，狼狈回窜。

1纵接到追击命令后，即以第1师为右路、第3师为左路，第2师和纵直居中，迅速越过津浦线，像下山的老虎一样，向萧县方向猛追。

3师8团排长郭荣熙，发现敌人的12辆坦克向我反击，掩护其主力撤逃，立即率领1个爆破班，勇敢机智地接近坦克，以迅速突然的动作，连续炸毁敌人3辆坦克，俘获两辆，其余7辆慌乱逃走。

敌人整营整连地被我军歼灭,被我军穿插部队甩在后面的敌人,还没有明白是怎么一回事,便稀里糊涂地成群成群地当了俘虏。

两广纵队接到追击命令已经是12月2日7时,他们当即加入追击队伍的洪流。和他们齐头并进的是1纵和9纵,你追我赶,谁也不甘落后。到2日晚,继续经永固集向西追击。3日13时,两广纵队进至张新集东南时,发现了李弥兵团的第8军。1纵、两广纵队左右夹击,敌人如惊弓之鸟,不战而逃。

∨ 淮海战役期间,我军缴获的敌军坦克之一部。

接到追击命令，正在南线固镇一带追歼逃敌的10纵，立即奉命沿宿（县）永（城）公路回师北上，一夜急行军60公里，于12月3日，占领了百善集、李楼、鲁楼一带阵地。当晚，29师87团相继攻克鲁楼西侧的董窑、魏湾、刘楼等村镇。

到4日拂晓前，2纵追至永城附近地区，11纵追至涡阳以北地区。

至此，华东野战军在永城西南完全堵住了杜聿明集团的邱清泉、李弥、孙元良3个兵团，并于5日形成了战役合围。

❶ 我军步入庆祝延安光复大会会场。

❷ 我军在战斗中缴获的敌坦克。
❸ 我军某部正日夜兼程向前线进军。
❹ 我军某部急行军，追歼逃敌。
❺ 我军某部开往前线。

叶 飞
（时任华东野战军第 1 纵队司令员）

11 月 30 日，杜聿明率领 3 个兵团及徐州地区国民党军政机关、后方人员并裹胁部分青年学生共约 30 万人，放弃徐州，分多路纵队，向徐州西南滚进。

野战军首长当即命令以 11 个纵队的强大兵力，采取多层多路尾追、平行追击和迂回拦击相结合的战法，展开全线猛烈追击……

——摘自：叶飞《机智迅猛歼顽敌》

★★★★★

韦国清
（时任华东野战军苏北兵团司令员）

黄维兵团被围后，蒋介石为挽救败局，一面令刘峙率"剿总"机关到蚌埠督促李延年、刘汝明再次北援，一面令杜聿明率邱、李、孙3个兵团放弃徐州，绕道萧县、永城南下，图解黄维兵团之围，尔后合力南逃，退守江南。

然而，对于杜聿明集团的撤逃，中央军委已有预见，华野遵照军委的指示，已于11月30日作了必要的应急部署，并发布了准备截击敌人的政治动员令……

———摘自：韦国清《千里驰骋鏖战多》

第三章

三面突击，一面阻击

∧ 蒋介石在陈诚陪同下检阅国民党军。

蒋介石朝令夕改、雪上加霜；杜聿明优柔寡断、错失良机。

粟裕以"三面突击、一面阻击"的对策对付杜聿明的"三面攻击，一面掩护"战法，死守东南。企图与黄维兵团会合的杜聿明碰在了华野这颗硬钉子上。

杜聿明亡羊补牢，计划却一变再变。孙元良盲目逃跑，稀里糊涂地送掉了一个兵团。

1. 蒋介石又变卦了

不得不走走停停，甚至下车步行绕道，对这样的混乱局面，杜聿明实在是无可奈何。真是丢盔卸甲，鬼哭狼嚎，30万大军像蜗牛一样，什么时候能够撤退到安全地带呢？杜聿明心里也没有多少底。12月1日一整天，杜聿明除了和邱清泉有联系外，其余两个兵团的情况他一无所知。盲人摸象那。

已经是12月2日上午了。邱清泉和李弥连连报告，无非是部队撤退时如何混乱，要求稍加停息，整理部队。

下午，74军转来空军一封通报说，解放军有大部队由濉溪口南北地区向永城前进。

杜聿明心里打开了鼓：如果按照原定2日晚继续向永城撤退的计划进行，有可能在夜间与解放军发生穿插混乱的情况；孙元良兵团到现在还没有联系上，不如等等。他下了命令：当晚在孟集、李石林、袁圩、洪河集附近修整一晚，3日白天向永城继续前进。

尽管杜聿明对如此窝囊的撤退行动窝着一肚子火无处发泄，南京国防部对他的撤退行动仍然极为不满，指责他率领几个兵团"一意向西南逃走，消极避战"。

12月2日，蒋介石先是给杜聿明写亲笔信，说：

弟部本日仍向永城前进，如此行动，坐视黄兵团消灭，我们将要亡国灭种。望弟迅速令各兵团停止向永城前进，转向濉溪口攻击前进，协同由蚌埠北进之李延年兵团南北夹攻，以解黄维兵团之围。

紧接着，蒋介石又给杜聿明发去极为严厉的电报：

务望严督各军，限两日内分路击退当面之敌，严令其达成所赋之任务，若时日延长，则二十万以上兵员之粮秣医药，决难空投接济，惟有上下决心，共同以死中求生之觉悟，冲破几条血路，反匪包围，予以歼灭若干纵队乃可解决战局。切勿再作避战迂回之图。

当日晚上，南京国防部又电告杜聿明："据空军侦察，濉溪口、马庄一带西窜之共军不足四万，经我空军轰炸，伤亡甚重"。"贵部应迅速决心于两三日内解决濉溪口、马庄一带之共军，此为对共军各个击破之惟一良机。如再迟延，则各方面之共军必又麋集于贵部周围，又处于被动矣。此机万不可失，万勿再向永城前进，迂回避战"。

蒋介石决定放弃徐州时，杜聿明曾明确提出，徐州3个兵团撤出后，经永城进至蒙城、涡阳、阜阳间地区，以淮河为依托，攻击解放军以救援黄维。蒋介石是同意这个计划的。

现在，蒋介石中途改变了计划，处在第一线的杜聿明心知肚明，如果按蒋介石的计划行动，结果只有一个，那就是全军覆没。

想到这里，杜聿明脑海里跳出了一句古话："将在外，君命有所不受"。这个念头占据了整个脑际，硬着头皮，按原计划向永城出发。

转念一想，空军侦察到的情况看来是确实的，面对这样的局面，如果照原来的计划撤退到淮河附近，再向解放军攻击，一旦解了黄维之围，尚可将功抵过。但是，万一沿途被解放军截击，部队遭受到重大损失，又不能按照预定计划解黄维之围，蒋介石必定迁怒于自己，将失败的责任归咎于自己，受到军法制裁。

看来，战也是个死，不战也是个死。何去何从？杜聿明一时拿不定主意。杜聿明惟一的行动就是拿起电话，将蒋介石命令的要点通知各兵团，要各部队停止前进，各兵团司令官到指挥部商讨对策。

孙元良倒是听话，很快就来了。

李弥自己不来，派了陈冰、赵季平两个副官来听会。

邱清泉忙着传达停止前进的命令，拖延到下午2点才匆匆赶到指挥部。

杜聿明默默将蒋介石的命令交与会人员传看。大家惊讶莫名，都默不做声。

杜聿明只好先说话了。

"照目前情况来看，如果按照原计划撤退，尚有可能到达目的地。不过，大家也应该向委员长负责。如果按照命令打下去，不见得有把握。"

杜聿明欲言又止，闪烁其词。邱清泉听得不耐烦了，径直说："我看可以照命令从濉溪口打下去。"

说完，邱清泉指着李弥的两个副官发开了脾气：

"怪就怪你们13兵团在萧县掩护不力，致使后方车辆遭受重大损失。你们13兵团都是怕死鬼，不愿意打仗……"

> 抗战时期的邱清泉。

"你，你血口喷人……"

陈冰不服气，红头胀脸地同邱清泉吵了起来。

杜聿明忙出来打圆场："有话好好说，何必伤和气呢？在这样的节骨眼上，吵有何益？"他回头征求孙元良的意见：

"你有什么高见？"

邱清泉气焰嚣张，孙元良也不敢言退，顺着邱清泉的竿儿爬了上去："这一决策关系重大，我完全听命令。"

见杜聿明还在犹豫不决，怕他泄气，说：

"总座，可以照命令打，今天晚上就调整部署，明天起第2兵团担任攻击，第13兵团、16兵团在东、西、北三面掩护。"

杜聿明说："大家再把信看看，考虑一下，我们敢于负责就走，不敢负责就打，这是军之生死之地、存亡之道，不可不慎重。"

蒋介石的信又传了一圈。透过措辞严厉的命令，大家仿佛看到了蒋介石的脸，那张脸一变，可是要人头落地的。看来，不照命令去解黄维之围是万万不行的。

议而不决，等于不议。杜聿明最后拍板：

"服从命令。采取三面掩护、一面攻击、逐次跃进的战法，能攻即攻，不能攻即守，不能让敌人把部队冲乱！"

当天夜晚，杜聿明调整了部署：

指挥部及第2兵团司令部在孟集，该兵团应于明日展开在青龙集东西地区向濉溪口方向攻击前进。右翼与第16兵团、左翼与第13兵团连接。

第13兵团司令部在李石林，右翼连接第2兵团在孙瓦房、张寿楼、袁圩间地区占领掩护阵地，掩护军之左侧背，左翼与第16兵团连接。

第16兵团司令部在王白楼，部队右翼连接第13兵团在赵破楼、僖山集、张庄间地区占领掩护阵地掩护军之右侧背，左与第2兵团连接。

限定，各部于12月3日晚按照调整后的部署到达指定位置。

部署甫定，杜聿明致电蒋介石：

奉到钧座手谕，当即遵照改变部署。职不问状况如何严重，决采逐次跃进战法，三面掩护一面攻击，向东南作楔形突击，以与黄维会师。

并请求蒋介石：

督饬李延年兵团向北采积极行动，并饬黄维不断转取攻势，请饬空军助战并空投粮弹。

部署归部署，报告归报告，杜聿明预感到，全军覆没的危险越来越大了。他心里非常后悔，后悔自己太怯懦，不果断，不该中途停下来开会，耽误了一天的行程。到如今，逃已经晚了，打也无望，悲观之情油然而生。又一想，江山是人家蒋介石的，那只能由他去了。自己只有一条命，最后只有"效忠"一条路了。

2. 粟裕楔下硬钉子

杜聿明悔之晚矣。他在李石林、孟集一停就是一天，错失了逃脱被歼灭命运的最后机会。犹豫不决，行行止止，正好为华东野战军各纵队追上并超越他的部队赢得了时间；现在，他的攻击前进计划正好碰了华野这颗硬钉子上。

密切关注战场形势变化的粟裕早就看清了这步棋，一旦让杜聿明与黄维会合，战场形势将发生不利于我军的重大变化。粟裕心里清楚，徐州西南离黄维兵团最近，必须早作部署，防止杜聿明集团向南突击。多年以后，回忆当时的紧张情况时，粟裕仍然心有余悸地说："实际上我们对杜聿明是网开三面，你向西去也好，向北去也好，向东

∧ 抗日战争时期的粟裕。

去也好，就是不让你向南。其他方向都唱空城计。说明我们的力量也差不多用光了。"

杜聿明恰恰把突击方向选在了东南，正好是找钉子碰。

12月3日午后，差不多就在杜聿明定下攻击前进决心的同时，粟裕、陈士榘、张震即已经判明"杜聿明拟集力向东南楔进求与黄维会师"的企图。

3日申时，粟裕、陈士榘、张震向刘伯承、陈毅、邓小平并中央军委报告了围歼杜聿明集团的计划，决心集中全力对付杜聿明集团，乘其立足未稳、阵脚混乱之际，在南面实行堵击，在东、西、北三面实施猛烈突击，"压迫其向北、向西北，并先集中主

< 宋时轮，1955 被授予上将军衔。

宋时轮 ——————————————————▶——

湖南醴陵人。土地革命战争时期，任红35军参谋长，独立第3师师长，红21军参谋长兼61师师长，红十五军团作战科科长，红30军、红28军军长等职。抗日战争时期，任八路军120师716团团长，雁北支队支队长，八路军第4纵队司令员等职。解放战争时期，任山东野战军参谋长，渤海军区副司令员兼第7师师长，华东野战军第10纵队司令员，第三野战军9兵团司令员等职。

力楔入其纵深，割歼其后尾一部，尔后再分批逐次各个歼灭之。"

部署如下：

令谭震林、王建安指挥第1、第4、第9、两广纵队和冀鲁豫军区两个旅，由北向南向李石林方向猛烈攻击，求楔入敌之纵深；

令韦国清、吉洛指挥第2、第8、第11纵队，由西南向东北攻击，并布置纵深阻击阵地，坚决阻敌南窜；

令宋时轮、刘培善指挥第3、第10、鲁中南纵队，由东南向西北攻击，并布置纵深

阻击阵地，坚决阻敌南窜。

兵来将挡，水来土掩。杜聿明的部署是"三面攻击，一面掩护"，粟裕的对策则是"三面突击、一面阻击"。

粟裕、陈士榘、张震向中央报告战斗部署时，提出了弹药的补充请求。远在西柏坡的周恩来，作为军委副主席兼总参谋长，除了协助毛泽东指挥作战外，承担着人民解放军的庞大的后勤供应的组织领导任务。他亲自起草了电报，指示华东局和华北局：

> 刘培善，1955 被授予中将军衔。

刘培善 ——————————▲—

湖南茶陵人。土地革命战争时期，任湘赣红3师第3团政治委员，湘赣军区第2军分区政治部组织科科长，湘赣第1支队政治委员，独立团政治委员等职。抗日战争时期，任新四军第1支队2团政治委员，苏北指挥部第2纵队政治委员，第1师2旅政治委员等职。解放战争时期，任华中野战军第7纵队司令员，华东野战军第10纵队政治委员，第三野战军10兵团政治部主任等职。

据粟陈张申电告，邱李孙三敌（22个师）现为我分别围攻于萧县以西大回村、薛家湖以东地区，此一战斗规模甚大，为保持炽盛活力与连续作战，要求华北军区急运八二迫炮弹30万发，山炮弹5万发，炸药15万公斤及七九步弹两个基数到徐州以东大湖车站附近，我们派仓库接收等语。查华东局、军区在此次大会战的支前后勤工作中，确已尽最大力量，而一部分弹药犹未能及时送到（照粟陈张电所说）者，确因此战规模超过预计，战斗的连续又如此紧迫，兵站线又愈伸愈长，故如此大量的弹药，不可能咄嗟立办，必须前后方密切配合，解决此种困难。前方要根据需要，按类按数，分别先后，早

∧ 解放战争时期的周恩来。

日通知后方，尤重在野战后勤部随时保持其前线与后方兵站的密切联络，遇有任何移动必须随时电知后方。后方应集中一切汽车以最快速度，最合理组织，派最得力干部查清沿途兵站，亦按类按数分别先后，押送前线。能如此，弹药运输的次序和时间才可能较为节省，对前方，亦能较应急需。现为保证淮海战役在最大规模中获得最彻底胜利，并按照刘陈邓及粟陈张最后一次提出的数目，特将已决定的及此次增加的弹药数目通知如下……

谭震林、王建安指挥的北集团由北向南展开攻击。

第1纵队由袁圩以西地区向西南方向的王白楼、孟集、李石林攻击。5日攻占李楼、王白楼，歼灭敌第5军第200师一部；6日攻占诸庙、杨庄、马楼，歼灭孙元良兵团1个多团，敌第9军5个连投降。7日，杜聿明集团向南收缩，第1纵队攻占高集、蒋庄、阎庄一线阵地。各师、团轮番作战，保证了我军连续作战，不给敌人以任何喘息的机会。在围攻夏砦的战斗中，敌人的碉堡群封锁了我军前进的道路，紧急关头，第1师特务连副排长庄德佳和3连战士赵林，抱起炸药包，向敌人的碉堡群冲去。赵林小腿中弹，鲜血染红了棉裤，他忍着剧痛，一步一步地爬向敌人的碉堡，将敌人的碉堡炸毁，自己壮烈牺牲。庄德佳身负重伤，仍然用炸药包、手榴弹和敌人拼，直到光荣献身。

第4纵队3个师并肩展开，分路自东北向崔阁、魏家楼、前平庄一线攻击前进，相继占领苗庄、宋楼、大徐庄、马桥、谢楼、锦州桥、后平庄等敌人外围据点10多处，两天内即向包围圈的东北地域推进了7公里。

第9纵队主力向孟集方向攻击，4日攻占丁楼、芒砀山、山城集，歼灭杜聿明指挥所以及邱清泉兵团机关及警卫部队一部，俘虏4,000余人；另一部占领倪园、倪双楼，歼灭第5军第46师两个团，5日在豆娄歼敌2,000余人；6日在黄庄、孙庄歼敌1个团，攻占孟集；7日攻占孟小娄、刘河，歼灭敌第5军第20师1个团。

两广纵队、冀鲁豫军区部队也在积极推进。

由宋时轮、刘培善指挥的东集团由东向西攻击。

3纵相继攻占刘楼、双楼、杨小乔。8师5日攻击高窑未果，数日与敌人对峙。

火箭筒

单人使用的筒形便携式发射火箭弹的武器,主要用于打击近距离的坦克、装甲车辆,摧毁坚固工事,也可用于杀伤有生力量。主要由筒身、击发机构、瞄准具和支架等部分组成。筒内无膛线,发射时无后坐力。装有红外线瞄准镜,可在夜间进行射击。直射距离一般为150~300米。

　　10纵相继攻占魏老窑等几个据点后,东移至青龙集以东地区布置阻击阵地,坚决阻敌向张集、苗乔方向突围。

　　5日上午,敌70师139师,在大批坦克掩护下,沿着引河向10纵控制的鲁楼进攻,企图乘我军立足未稳,一举拿下鲁楼。扼守鲁楼的29师85团,沉着应战。特纵的炮兵首先向敌群开火,敌人纷纷倒下。但是,敌人的气焰依然十分嚣张,嗥叫着逼近鲁楼,敌坦克轰隆轰隆地压了过来。战士们毫不畏惧,跃出工事,炸药包、手榴弹一起炸响,迫击炮、火箭筒对准敌人的坦克,抵近射击。敌人冲在前面的坦克起火了,后面的见势不妙,掉头就跑。敌人的步兵失去了掩护,暴露在我军的火力面前。敌人很快被压了下去。激战从上午一直持续到深夜,我军愈战愈勇,敌人屡战屡败。

　　6日拂晓,敌人卷土重来。在敌人密集的炮火轰击下,我鲁楼的大部分土木工事被炸塌,堑壕被炸平,整个鲁楼笼罩在炮火硝烟之中。数十辆坦克和大批轰炸机,掩护着两个师的兵力,多次向我军阵地推进。一线指战员临危不惧,顽强地抗击着数倍于自己的敌人。5连连长石洪贞,带着3名战士冲入敌群,他的身上3处负伤,仍然不下火线。突然,一股敌人从我侧后偷袭,突入鲁楼,1营立即组织后勤人员和伤病员反击,硬是把敌人逐出了村外。另一股敌人用5辆坦克开路,突击我北门"兰封连"阵地,全连奋勇拼杀。6班副班长薛登平,在敌人坦克擦身而过的一刹那,毅然拉响了集束手榴弹,

炸断了坦克履带。在我军指战员的英勇反击下，敌人溃退了。

8日，邱清泉孤注一掷，增调200师加入战斗，他自己亲自上阵督战，叫嚣："打下鲁楼回南京，打不下鲁楼别要命！"空中有7架飞机在疯狂扫射，前面有12辆坦克开路，后面有如狼似虎的督战队威逼，敌军疯狂地向我军扑来，所有阵地同时开花。

5连和7连的阵地上，敌人很快冲到了我军的战壕边，又是一场白刃战！特等功臣尚立民跳出战壕，一连捅死了8个敌人，身上多处中弹，英勇牺牲。

鲁楼村北阵地，争夺异常激烈，几次失而复得，血战持续了整整3个小时。6连阵地上，只剩下指导员和3名战士，仍在浴血奋战。危急关头，团政治处主任带领机关人员、伤病员、勤杂人员赶来增援，87团1营也火速赶到。他们并肩作战，一连打退了敌人5次冲锋。下午1时，敌人发起了更大规模的进攻，大批敌人涌入我军阵地。营长赵明奎高呼："同志们，我们要坚决守住阵地，拼掉脑袋也不让敌人前进一步！"接着，率领部队向敌人反冲击，夺回了阵地。87团1连，像一把钢刀，插向敌人侧翼，狠狠夹击敌人。危急时刻，3排副排长拉响了集束手榴弹，与敌人的一辆坦克同归于尽。敌人在向鲁楼正面猛烈进攻的同时，还以一个团的兵力和10多辆坦克，从鲁楼西侧向我迂回攻击。87团2营和特务营，当即给予迎头痛击。

血战从早上9点多开始，一直持续到晚上9点。阵地前，敌人弃尸遍地，瘫痪了的坦克冒着熊熊烈焰。我鲁楼阵地如铜墙铁壁，巍然不动。

鲁楼阻击战，10纵85团、87团在兄弟部队的支援下，顽强抗击敌人6昼夜的疯狂进攻，毙伤敌人5,000多人。粟裕等下令嘉奖：

此次聚歼杜聿明、邱清泉、李弥、孙元良匪部，会战初期，你们贯彻了这种坚决顽强英勇奋斗的战斗作风，给予妄图夺路南窜之杜聿明、邱清泉之70军以迎头痛击，毙伤敌数千以上，确保了鲁楼、李楼阵地，对于完成全歼杜聿明集团的任务，起着重大作用。

韦国清、吉洛指挥的南集团在南线阻击。

第2纵队4日由永城西南北移永城及以东地区，担任魏老窑、王庄一线防御，构筑坚固工事，阻敌南窜，数日内，与敌第74军、第96军在穆楼、李明庄、魏老窑一线对峙。

第8纵队5日攻占王花园、史河、崔庄；7日在黄瓦房歼击孙元良兵团向西突围的第41军，生俘6,000多人。

到12月6日，杜聿明集团被全部堵截在永城东北的陈官庄、青龙集、李石林地区，和黄维兵团会合的企图彻底失败，突围中损失了2万多人。

3. 杜聿明亡羊补牢

一连两天，杜聿明真是焦头烂额。进展不利，情况不妙，东、西、北三个方向，哪个方向上都遇到了解放军的顽强抵抗，南面更是硬顶着，前进不了一步，处处碰壁，头破血流，岌岌可危。

杜聿明有什么好办法呢？他只有一再严厉地命令邱清泉攻击前进，令李弥、孙元良坚守掩护阵地。

蒋介石比杜聿明催得还急。他也许根本就不把杜聿明要他空投粮食弹药的请求放在心上，硬邦邦地命令道：

"无粮弹可投，着迅速督率各兵团向濉溪口攻击前进。"

接到电报，杜聿明就像被兜头泼了一盆凉水，全身都冷得发颤。

邱清泉看了电报后，气得差点跳了起来，跺着脚大骂了起来：

"国防部都是一帮浑蛋，老头子也糊涂了。没有粮食，没有弹药，几十万大军，打个什么鸟仗呢？"

杜聿明也不制止，丢下邱清泉尽管骂去，自己到机要室口述给蒋介石的电报去了。杜聿明七七八八的说了一大通，利呀弊的老一套，自己也觉得说的多余，这些老头子是清楚的呀！

终于等到蒋介石一句话："6 日开始空投粮弹。"望梅止渴吧。

正在杜聿明愁眉不展之时，邱清泉、孙元良也坐不住了，攻击进展甚小，到处被解放军突破，真是来者不善，善者不来，黄百韬、黄维的前车之鉴就在不久之前，瞻念前途，不寒而栗啊！

国民党第 12 兵团司令黄维 — — — — —

江西贵溪人。国民党陆军中将。黄埔军校第一期毕业。1938 年任国民党军第 18 军军长。1940 年任第 54 军军长。1943 年任国民政府军事委员会高级参谋、军委会督训处副处长。1945 年任青年军第 31 军军长。抗战胜利后，任青年军编练总监部副监，第 31 军军长。1947 年，任联勤总部副总司令。1948 年，任第 12 兵团司令官。同年 12 月，在淮海战役中被人民解放军俘获。

< 时任国民党军第2兵团司令官的邱清泉。

> 抗战时期，杜聿明（前排右）与邱清泉（后排右）等人合影。

国民党第2兵团司令官邱清泉 ——————————————

　　浙江永嘉人。国民党陆军上将。黄埔军校第二期毕业。曾参加镇压广州商团叛乱、刘杨叛乱和北伐战争。1935年去柏林陆军大学学习。1938年任国民党第200师副师长，新编第22师师长，重庆第三警备司令。1943年，升任国民党号称"五大主力"之一的第5军军长。1948年任第2兵团司令官。在淮海战役中，饮弹丧命。

　　12月6日上午，杜聿明正在屋子里踱来踱去，孙元良和邱清泉慌里慌张地进来了。杜聿明心里一沉，莫非？他不敢往下想了，怔怔地看着他们。

　　邱清泉说："主任，孙副主任认为目前情况十分不利，应该重新考虑战略。我也认为他说得有道理。请孙副主任再仔细讲一下，我们研究一下好不好？"

　　杜聿明说："可以吧。我们到李炳仁那里去，大家一便研究吧。"

　　一到李弥的兵团部，孙元良就说开了：

　　"目前，林彪已经率东北大军南下了，我们这里攻击进展迟缓，掩护阵地又处处被突破，如果再战下去，我看前途不那么乐观。现在突围尚有可为。将在外，君命有所不受。目前只有请主任当机立断，才可以拯救大军。"

　　邱清泉连连称道，说："良公的见解高明，高明。"

　　李弥坐在那里听着，不说话。

孙元良、邱清泉竭力鼓动李弥："炳仁，大家还是应该一道突围那！你倒是表个态啊！"

李弥还是不正面表明态度，只是不干不湿地说：

"请主任决定吧，我照命令办就是了。"

杜聿明说："将在外，君命有所不受。话是不假。如果三天前大家按这句话办，就可以全师而归，对得起老头子，今天做恐怕晚了。敌人重重包围，能打出一条血路还有希望。否则重武器丢光，分头突围，既违抗了命令，又不能保全部队，我们有什么面目见老头子呢？"

邱清泉听出了杜聿明话里头的话，也有点不好意思了，不过，还是免不了要吹牛：

"不要紧，还不到山穷水尽的地步，我们还有力量，亡羊补牢，犹未晚也。办法总是有的。"

杜聿明打断他的话，照自己的思路说下去：

"只要能打破一方，一个兵团突破一路，还有一线希望，自然是好事，我也同意。不

过，万一各兵团打不破敌人，反不如照老头子的命令打到底。老头子如果有办法，就请他集中全力救我们出去。他要是没有办法，我们也只有为他效忠了事。依我的判断，林彪入关后南下，至少还有一个月。我们可以利用这一个月的时间，牵住敌人，请老头子调兵与共军决战，还是有希望的。如果目前林彪已经南下，事情就不好说了，因为老头子想调兵也来不及了。关键就在这里。"

听了杜聿明的话，大家你看看我，我看看你，场面一时有点尴尬。过了一会儿，又交头接耳了起来。

< 淮海战役期间，出任国民党军第13兵团司令官的李弥。

国民党第13兵团司令李弥 ———▼—

云南盈江人。国民党陆军中将。黄埔军校第四期毕业。曾任国民党军第22军副团长。抗日战争爆发后，任第36军5师副师长，第8军副军长兼湖南芷绥师管区司令，第8军军长，整编第8师师长，第13兵团司令。1949年所部在淮海战役中被歼，后任国民党政府军第六编练司令部司令等职。1950年去台湾。

杜聿明说："有什么高见，但说无妨。"

孙元良说："现在最最重要的是如何利用空隙突出包围圈。"

邱清泉、李弥也随声附和。

见此情形，杜聿明心里更没有底了。打要靠这些人，突围也要靠这些人。索性听他们由着他们的意思来吧。想到这，杜聿明心里反倒觉得释然了许多。他说：

"只要大家一致认为突围可以成功，我就下命令，但各兵团必须侦察好突破点。重武器、车辆不到不得已的时候，不能丢掉，笨重物资可以先行破坏。你们如果能够做到这一点，我就可以下命令。"不过，杜聿明心里终究没有多少底气，他说完后，对大家苦笑了。

到了下午３点，总算形成了像样的决定：

迅速脱离共军包围，转移到淮河北岸，与共军决战。今日晚开始突围，一举脱离战场，到阜阳集中。

具体方案是：

第２兵团由陈官庄、黄庄方向向西突击共军阵地；
第13兵团由李石林向东北突破；
第16兵团由孟集、欧庙向西北突破，经薛家湖、毫县向阜阳附近转进；
指挥部及直属部队随第２兵团突围。

杜聿明一边指示破坏带不走的东西，一边等待着各方面的消息。

李弥报告："东北敌人很多，突围不易啊。不知道邱清泉、孙元良他们那里侦察的情形如何？"

杜聿明告诉他："电话还没有架通，等联系上了再通报你。"

过了一会儿，邱清泉急急忙忙跑到杜聿明的指挥部，说："坏了！坏了！今天攻击全无进展，西面、南面敌人阵地重重，无法全军突围。主任，我又仔细考虑了孙元良的主张，这简直是自找毁灭，怎么能对得起老头子？"

杜聿明心里说，刚才随声附和的是你，说不行的也是你。他无奈地对邱清泉说："那就同李弥他们通话研究一下，现在挽回也许还来得及。"

不等邱清泉表态，杜聿明就接通了李弥的电话。

李弥倒是痛快，同意邱清泉的意见。

孙元良的电话迟迟不通。杜聿明管不了那么许多了，下了决心：不管孙元良的情况如何，两个兵团决不突围。

这时，西北方向枪炮声大作。

杜聿明对邱清泉说："看来，孙兵团已经开始突围了。该如何补救他们留下的漏洞呢？"

邱清泉说："把２兵团预备队调来填防吧。如果孙元良真能打开一条路，我们也跟着后面走。"

4. 孙元良兵团的灭亡

杜聿明和邱清泉也不问问自己，孙元良兵团能跑得了吗？

夜幕降临了，孙元良的第16兵团两个军3万多人马开始了突围行动，行动前，他们将重型武器和装甲运输车辆全部破坏，炮兵牵引骡马改为骑兵乘马。

越乱越出错，越出错越乱。裹在第47军125师队伍中行动的孙元良，眼前出现了一条河流。只听人喊马嘶，过河部队乱成一团。一问才知道，是涉水过河的步兵被炮兵马匹冲挤，人马在河里自相践踏。孙元良也管不了这许多了，自行走人，乱随他乱去。

突围的方向本来是西北，结果越走越偏西，稀里糊涂的，竟然拥向了西南。

当天夜里，第16兵团进入邱清泉的第2兵团第5军的地盘，派人联络，才知道杜聿明改变了突围计划，没有行动。此时，北面枪声大作，照明弹、信号弹如同流星雨划过夜空。第41军第122师第380团恐怕夜长梦多，继续向西行动，刚行军到邱清泉的第5军第200师的警戒线时，该师的枪弹、炮弹劈头盖脸地向他们砸来，立时死伤无数，处于内外夹击之中。他们急忙和5军军长熊笑三交涉，熊笑三就是不答应借道。结果，该部大部被留在了包围圈内，其余大部分突入我华野第8纵队阵地。

严阵以待的我军指战员，人人奋勇杀敌，炮声、枪声、哨子声和"缴枪不杀"的喊话声交汇在一起，惊天动地。孙元良兵团的残兵败将，已经心无斗志，四散奔逃，成瓦解之势。

四处都是枪炮声，杜聿明也有点晕头转向，已经是晚上9点了，他突然接到第5军的报告："孙兵团从右翼西北方面突围的仅有少数部队，其余大部分从西南第5军正面出去，被解放军缴械，阵地内外乱打，形成混战状态。"

杜聿明一听，心里凉了半截，脑际升起一股不祥的预兆。

杜聿明的预感是准确的，第二天，也就是12月7日，第16兵团副参谋长熊顺义一身狼狈地回到了杜聿明的指挥部，向杜聿明报告了突围情况：

"第16兵团在突围前根本就没有侦察突围路线，也没有打突破口，到黄昏后即将重武器破坏，希望钻空子出去或者靠第5军打出湖南长沙人。国民党陆军中将。黄埔军校第六期毕业。抗日战争时期，任国民党军第5军200师65团团长，新编第22师团长，第200师副师长。抗日战争胜利后，任200师师长，第200旅旅长，整编第5师副师长，第5军军长。1949年1月在淮海战役中，第5军被人民解放军全歼，熊侥幸逃往台湾。

去，不料第5军未突围。我同孙元良乘吉普车一出火线，即遭敌人机枪射击，大家滚下车，失去了联系。"

杜聿明一听，颓然坐在那里，半天说不出话来。完了，16兵团就这样稀里糊涂在自己手中完蛋了。

孙元良乘乱脱逃，41军军长胡临聪、47军军长汪匣锋以及41军、第47军的副军长、参谋长和几个师长被生俘。剩下的残兵败将只能收拾收拾交给邱清泉的第72军指挥去了。

国民党军又一个兵团宣告灭亡。

∨ 粟裕在两淮战役期间，为华中野战军中高级干部作报告。

❶ 我军某部的炮兵阵地。

❷ 我军某部在山区行军。

❸ 我军战士们发扬英勇顽强的战斗作风，向敌军发起总攻。

❹ 我军炮兵集火射击，敌军碉堡相继被炸塌。

❺ 我军某部炮兵部队开赴前线。

张 震
（时任华东野战军副参谋长）

12月4日，我军合围杜聿明集团于徐州西南65公里的陈官庄地区。

我在南面组织坚强防御，敌在东、北、西三面挡不住我军猛攻，连续向南突击也未得逞。

3日，孙元良说"将在外，君命有所不受"，建议突围，邱清泉同意，李弥也不反对，杜聿明下令分路向西南突围。

后邱清泉变卦，说突围是"自我毁灭"，李弥也说"突围不易"，杜聿明未找到孙元良。

当晚，孙兵团部及所属41军、47军在突围时被歼，孙元良只身逃脱。邱、李两兵团就地增修工事固守。

——摘自：张震《华东野战军在淮海战役中的作战行动》

★★★★★

严 翊

（时任国民党第16兵团第41军第124师师长）

第41军对于逃跑事宜虽然有了暂时规划，但官兵心理都怕跑不出去作了俘虏。

同时高集西北已有解放军活动，只有高集西南这条路可逃，于是大家都挤上这条路来。

不远遇到一条滥泥沟，泥厚没脚，不能快走，各部队插花行进，部队系统混乱，真是一群乌合之众。

第16兵团通过第2兵团部队所在地，看到他们无有动静，不像准备突围的样子。走出他们警戒线不远就受到来自四面八方的子弹射击。

为了弄清情况，派了一个排长联系，这个排长一去不久就大呼"敌人"。这才知道已陷在解放军的包围中。

到处喊话，打枪，辨不清敌友方位，只好躲着子弹，摸索着走。我带着几百人就这样混出包围圈，逃不出去的就被消灭了。

——摘自：严翊《第124师的挣扎和溃灭》

围而不歼

★★★★★

∧ 解放战争时期，刘峙、何应钦、白崇禧（左起）合影。

我军的包围圈越来越小，处处被动挨打的杜聿明仍然企图挣脱。在"突围—解围—被歼"的怪圈中挣扎的国民党军，又制定了恶毒的放毒计划。一场大雪压向陈官庄，杜聿明瞻念前途，更添寒意。蒋介石另有它图，却不断给杜聿明灌迷魂汤。毛泽东一锤定音：为给华北的傅作义集团再下点毛毛雨，对杜聿明集团"围而不歼"！军委副主席兼总参谋长周恩来亲自布置会餐，犒劳前线将士。粟裕抽出时间考虑粮食问题。

1. 解围与被围

一连五天了，杜聿明和他的部队都在被动挨打的境地下做垂死挣扎，不仅没有丝毫进展，包围圈却越来越小了。杜聿明心有不甘。他不想当黄百韬第三，也不想当黄维第二。

各种病痛毫不客气地向他袭来，几乎使他彻底垮了下来。此时的他，真恨不得死了算了。可是，天公不作美，偏偏给他留下个病病歪歪的躯体和四面楚歌的局面。他只能强撑着病体，打电报给蒋介石求救：

现各兵团重重被围，攻击进展迟缓，以现有兵力解黄兵团之围绝对无望，而各兵团之存亡关系国家的存亡，钧座既策定与共军决战之决策，应即从西安、武汉等地抽调大军，集中一切可集中的力量与共军决战。

电报发出，杜聿明苦苦等了一天，等来的是蒋介石硬邦邦的一句话：现无兵可增，望弟不要再幻想增兵。应迅速督率各兵团攻击前进，以解黄兵团之围。

解围，解围，谁不想去解围，问题是，弄到现在的地步，别说解别人的围，自己的围还得靠人去解。杜聿明又一次苦笑了。

国民党第7兵团司令黄百韬 ———————————————————

天津人。国民党陆军上将。陆军军官团第五期和陆军大学特别班第三期毕业。曾任国民党军第41师师长。抗日战争爆发后，任国民党冀察战区参谋长，国民党军司令部高参，国民党第三战区参谋长，第25军军长。抗战胜利后，任国民党第7兵团司令官。1948年11月22日，在淮海战役中被人民解放军击毙于碾庄圩。

蒋介石的电报前脚刚来，刘峙后脚就来了。来的不是电报，来的是刘峙本人。一个司令官，一个副司令官，一个在天上盘旋，一个在地上伸长脖子看。眼前的情景，杜聿明自己都觉得滑稽。

　　刘峙瓮声瓮气地说："委员长命令，请你赶快指挥邱、李两兵团攻击前进，以解黄兵团之围。"

　　又是解围，简直是笑话了。攻击前进，攻击前进，你来指挥试试？杜聿明想说什么，终于没有说。他没有这个心情了。

　　刘峙像个传令兵，传达完命令就走了。杜聿明像个遭人数落的窝囊鬼，听多了，反而麻木了。

　　打还是要打的，打死总比困死好。杜聿明毕竟是杜聿明，他没有坐以待毙，而是接连不断地发布命令，什么"严令"啦，"务必"啦，听得邱清泉和李弥耳朵都起了茧子。

　　粮弹缺乏，士气低落，厌战情绪与日俱增，哀兵必败，无力回天那！

　　终于等来了黄维的消息，那是一个晴天霹雳。

　　12月16日，刘峙电告杜聿明：

黄维兵团昨晚突围，李延年兵团撤回淮河南岸。贵部今后行动听委员长指示。

　　杜聿明心里凉透了。老头子真是瞎胡来，糟糕透了，为什么不命令黄维和自己同时突围呢？那样，也许还有一线生机。老头子真是糊涂了，账也算不来了，顾小失大，只顾黄维一个兵团，不顾这里的两个兵团。现在黄维一突围，解放军的压力势必全在这里了……刘峙算是金蝉脱壳，一推六二五，只有自己来硬顶了。

　　想到这里，杜聿明立即发电报给蒋介石：

请钧座集中兵力与解放军决战，我决心率两兵团坚守到底。

　　这次，蒋介石的回复倒是快得很：

望弟万勿单独行动，明日派员飞京面受机宜。

　　杜聿明的脑子虽然像一锅粥，不过，还处在一阵清醒一阵糊涂的状态。他认定，突围肯定是下策。

　　杜聿明急，他的手下更急，纷纷献计。

∧ 1948 年 12 月，杜聿明（右）与其参谋长舒适存在徐州前线。

第 5 军军长熊笑三的计策是：夜间以步兵攻破解放军一点突围。

装甲团团长和骑兵旅旅长的主张是：白天突围。

邱清泉、李弥和他一样，觉得突围无望。

第 72 军军长余锦源大大咧咧地说："打到什么时候也有办法。"

第 200 师师长干脆说："我们来个假投降。"

杜聿明立即反唇相讥："万一弄假成真呢？"

乱哄哄的，静不下来。一旦静下来，脑袋更乱。

刘峙的电报证实了杜聿明的预感：

黄兵团突围，除胡琏个人到蚌外，其余全无下落。

尽管早有预感，杜聿明还是感到那么点兔死狐悲的凉意袭来。黄维肯定是彻底完了，以后就全靠自己了。

派到南京受命的参谋长舒适存于19日下午乘飞机返回了陈官庄，同机抵达的还有空军司令部第三署副署长董明德。

两人带着蒋介石的一封长信和空军副司令王叔铭的一封短信。

蒋介石在信中说：

第12兵团这次失败，完全是黄维性情固执，一再要求夜间突围，不照我的计划在空军掩护下白天突围。到15日晚，黄维已决定夜间突围，毁灭了我们的军队。

弟部被围后，我已经想尽了办法，华北、华中、西北所有部队都被共军牵制，无法抽调，目前惟一的办法就是在空军掩护下集中力量，击破敌人一方，实行突围，哪怕突出一半也好。

这次突围，决心以空军全力掩护，并投掷毒气弹。如何投掷，已交王叔铭派董明德前来与弟弟商量具体实施办法。云云。总而言之一句话：击溃当面之敌南下。

王叔铭在信中则说：

校长对兄及邱、李两兵团极为关心，决心以空军全力掩护吾兄突围，现派董明德兄前来与兄协商一切。董是我们的好朋友，请兄将一切意见与明德兄谈清楚，弟可尽量支援。

等杜聿明看完信后，问舒适存："委员长还有什么交代吗？"

舒适存回答说："委员长指示，希望援兵不可能，一定要按照他的命令迅速突围。别的就没有什么交代了。"

国防部的指示紧接着也到了，内容大同小异：

贵部于粮弹补足后，寻匪弱点，选择有利地形及方向，集中主力先击破一面之匪，逐次跃进转移脱离匪军包围，易地与匪作战。

调门一样，说的比唱的还好听。

看来只能敷衍了。碍于董明德，杜聿明不得不和他研究确定突围计划的要点后，找来第三处处长邓锡洸，共同拟定陆、空协同突围计划。

董明德说："黄维兵团这次用了毒气弹，共军在广播中提出了抗议，说放毒是违反国际公法的。所以，这次决定空军放毒，掩护你们突围。为了保密，规定毒气弹称为'甲种弹'，其他弹称为'乙种弹'，计划中只写'甲种弹'、'乙种弹'，不写毒气弹。"

杜聿明问："用的是什么毒气？"

董明德回答说："催泪性的。"

杜聿明说："这有什么用？为什么不用窒息性的呢？"

董明德说："窒息性的太严重，还不敢用。"

杜聿明明知道突围是无望的选择，但是，他实在不甘心就此罢手，他总觉得，他的蒋委员长决不能丢下他们不管。于是，他又同邱清泉商定了上中下三策，写信请蒋介石作最后决定。

杜聿明的上策是：由西安、武汉集中一切可以集中的力量，与共军决战。必要时可以放弃武汉。

中策是：各兵团持久固守，争取政治上的时间。明白点说吧，就是要蒋介石和共产党和谈，以拖延时间，但是，杜聿明又没有胆子明说。

下策是：照令突围，绝对达不到希望。

杜聿明的国学底子不错，写这样的信全不用他人代劳。是夜，他一反以往先写日记的习惯，开始字斟句酌地起草给蒋介石的信。他写得很苦。话都是老话，说过多遍的话。所谓话说三句淡如水。怎么能写出新意来，杜聿明颇费思量。想打动老头子，真不是那么容易的。

信总算写好了，杜聿明抱着写不写在我，听不听由你的心情放下了沉重的笔。

可惜，天公不作美，原本准备由董明德和舒适存带往南京的信，同两人一起，被困在了陈官庄。

12 月 19 日晚，狂风骤起，大雪纷飞，陈官庄被淹没在厚厚的雪被中。

这雪一下就是 8 天。

飞机无法起飞。解放军的攻击也似乎随着大雪停止了。

天气阴沉沉的，风猛烈地肆虐着，陈官庄周围，死一样的寂静，不时有几发冷枪冷弹的嚣叫声，表明这里还是人间。猫在屋子里的杜聿明和董明德每日长吁短叹，说什么好呢？

杜聿明说："明德兄，对于时局，你有什么高见啊？"

董明德说："现在各方面都不能打了，你们这里被围，平津也很危急。如果你们这里失利了，那平津也很难保全。以前还有人主张和谈，听说老头子不同意，现在再也没有人敢谈论了。南京一片恐慌，谁也拿不出好办法来。杜兄你的看法呢？"

杜聿明说："这一战役关系到党国的存亡。在傅作义牵制着林彪大军之时，我们既不能集中兵力与刘陈决战，又不能断然主和。如果强令两兵团突围，一突就完。这支主力完了，南京不保，武汉、西安更不能再战，老头子只有跑到台湾，寄生于美国人的篱下了。"

"你看会这样吗？"董明德问。

"另外还有什么力量可以支持呢？"杜聿明答。

"既然这样，我看杜兄还是应该到南京走一趟，面陈国家大计的。"

"对老头子很难，他有他的看法，不会轻易接受我们的意见的，即使接受了，也会变卦。比如这次战役，就是事先没有按照计划集中兵力决战，中途又一再变更决心，弄到现在，我去了也晚了，无法挽回了。"

∧ 1947年，蒋介石在陈诚陪同下视察前线。

2. 蒋介石的迷魂汤

蒋介石的目光时不时地向淮海战场掠过，黄维被全歼，从蚌埠北上的李延年、刘汝明两个兵团只好撤至淮河以南布防，第一"绥靖"区的部队也已经先期由淮阴、淮安撤至长江边，20军和28军已经到达浦口。此时，只有杜聿明指挥的两个兵团8个军陷入了孤立无援的境地。

平心而论，蒋介石并不是不想救杜聿明，他脑子里不时蹦出两句话：杜部待援，我责未尽。毕竟，手心手背都是肉啊。

可是，蒋介石有蒋介石的难处。手中能够调动的兵力所剩不多了，是把有限兵力放在布防淮南掩护营造长江防务，以确保南京、上海呢？还是抽调兵力去营救杜聿明呢？哪多哪少，这个账蒋介石还是能算明白的。如果能救杜聿明，那当然是大好事；但是，如果因为救杜聿明而损害了长江防务，蒋介石的惟一选择也就是丢卒保车了。毕竟，在这样的大棋局中，杜聿明的分量显得越来越轻了。

蒋介石最容易做的，也就是给杜聿明打气、稳住杜聿明了。

12月16日，在黄维被歼后不几个小时，蒋介石发电给杜聿明，指示他：

第12兵团业已突围，弟部须以积极手段求匪弱点予以击破，并向外扩展，以求脱离包围，总之弟万不可固守一地，坐待围困也。

江北步步败北，江南的半壁河山再也不能让共产党给吃掉了。蒋介石和南京的统帅部，开始加紧长江防线的布防，他们把重点放在了南京、上海、杭州地区。

12月16日，参谋总长顾祝同电告刘峙：

（一）第12兵团业已脱离。

（二）为免李延年兵团与匪胶着，希饬以占领掩护阵地，使该兵团主力与匪脱离。

（三）尔后以有力一部守备淮河，主力集结淮河以南地区机动。"

蒋介石还是不放心，18日、20日两次电示刘峙：

（一）总部后方及不必要人员即移江南，贵官及作战指挥人员仍留蚌埠指挥。

（二）第6兵团指挥第99军、第96军、第68军与华中第46军联系，担任女山湖至正阳关、淮河之防务，如遭受强大匪军压迫时，则采机动作战逐次抵抗以争取时间，尔后以有力一部固守桥头阵地，主力依计划转进至江南预定位置，守备江防。

（三）第20军及第185师归覃副总司令指挥，清剿南山河以南天盱地区之匪，限期肃清。

（四）第54军、第39军、第66军（欠第185师）即开南京集结，归汤恩伯总司令指挥，从速完成江防准备。

（五）第28军即控制滁县、浦口间地区，归汤总司令指挥，立即完成桥头阵地。

（六）第52军之两个师即日开武进、镇江间归制。

12月30日，蒋介石又电示刘峙：

"贵部指挥第6及第8兵团部队继续加强淮河守备，阻匪南窜，并肃清淮河以南散匪，使后方联络线安全，如匪主力向我真面目进攻时，应依淮河地障抵抗，非万不得已，不得撤退。"

看来，蒋介石对杜聿明能不能突围出去，心里一样没有底气，说彻底了，蒋介石根本就没有杜聿明能突得出去的希望。比起江南半壁河山来，杜聿明只是块小小不言的肉，割起来是疼，但是，再疼也得让割。蒋介石深知，落到粟裕他们口中的肉，想让他们吐出来，是没有那么容易的了。与其与解放军争夺这块肉，顾此失彼，还不如早做退守江南的打算。蒋介石也只能如此了。

> 全国解放初期的粟裕。

粟 裕 ————————————————————————————————

湖南会同人。土地革命战争时期，任红12军64师师长，红4军、11军参谋长，红七、十军团参谋长，红军北上抗日先遣队参谋长，挺进师师长，闽浙军区司令员等职。抗日战争时期，任新四军第二支队副司令员，新四军江南、苏北指挥部副指挥，新四军第1师师长兼政治委员，苏中军区、苏浙军区司令员等职。解放战争时期，任华中军区副司令员、华中野战军司令员、华东野战军副司令员、第三野战军副司令员等职。

∧ 信奉上帝的蒋介石，这次求助上帝也难保徐州前线杜聿明集团覆灭的命运。

只是，这一切，蒋介石是不会让杜聿明知道的。因此，杜聿明对蒋介石的真实意图一直搞不明白。

不过，蒋介石还是要给杜聿明来一剂迷魂汤的。

一日，蒋介石来电称：

我每天都祈求上帝保佑全体将士。

听起来倒是怪感人的，能解决什么实质性的问题呢？

又一日，副官给杜聿明送来由南京空投下的所谓黄百韬"烈士"纪念册和南京《救国日报》。

杜聿明翻开《救国日报》一看，上面赫然刊登着人民解放军公布蒋介石等43名头等战争罪犯的消息，自己的名字列在第36位。

副官随口说了一句："弟兄们要吃饭，投这些废物干什么？"

杜聿明狠狠剜了副官一眼，副官再不做声了。

看了消息，杜聿明从头凉到了脚跟。他明白了蒋介石空投这样的消息的真正用意。既然共产党已经把他杜聿明同蒋介石划归为"国人皆曰可杀"的头等战争罪犯，那么，他杜聿明和蒋介石就是一条绳子上的蚂蚱，只有为蒋介石卖命一条死路了。方式很清楚，前有车，后有辙嘛，黄百韬就是很好的榜样。

这是蒋介石发给杜聿明的死亡通知书和死亡方式通知书。

过了一天，杜聿明莫名其妙地接到蒋介石的一封电报：

听说吾弟身体有病，如果属实，日内派机接弟回京医疗。

邱清泉看了电报后，有点得意地说，是他给蒋介石发了报，请求校长接杜聿明回京治疗。

杜聿明哑然失笑了。邱疯子那邱疯子，都说你聪明，原来也有糊涂的时候。你也不想想，老头子早不来报晚不来报，偏偏在催命符一样空投了黄百韬的纪念册和战争罪犯的消息后才来电报，我还能回去吗？

杜聿明给邱清泉丢了一句话："让我抛下数十万将士只身逃走，我决不忍心。"然后就冠冕堂皇地给蒋介石发了一封电报：

生虽有痼疾在身，行动维艰，但不忍抛弃数十万忠勇将士而只身撤走。请钧座决定上策，生一息尚存，誓为钧座效忠到底。

∧ 1947年，毛泽东与周恩来在陕北。

有点慷慨激昂，也有点风萧萧兮的味道。

蒋介石要的就是这个，杜聿明也只能投其所好了。

3. 风雪再加毛毛雨

西柏坡。一场细雨悄无声息地降落了下来。

彻夜工作的毛泽东此时没有一点困意。他身穿厚厚的棉衣裤，肩披厚厚的棉大衣，显得有点臃肿。

左手上的煤油灯光将他巨大的身影投射到墙上，一晃一晃的。他双眉紧皱，目光从地图上一寸一寸地慢慢移动着。

过了一会儿，他放下手中的地图和油灯，走到桌前，端起茶杯，将杯子里的茶水一口气喝尽，掏出茶杯里的茶叶撂在嘴里，慢慢地嚼了起来。

他历来认为，指挥全局的人，最要紧的，是把自己的注意力摆在照顾战争的全局上面。主要地是依据情况，照顾部队和兵团的组成问题，照顾两个战役之间的关系问题，照顾我方全部活动和敌方全部活动之间的关系问题，这些都是最吃力的地方，如果丢了这个去忙一些次要的问题，那就难免要吃亏了。

他深知，任何一级的首长，应该把自己注意的重心，放在那些对于他所指挥的全局来说最重要最有决定意义的问题或动作上，而不应当放在其他的问题或动作上。

问题是，说重要，说有决定意义，不能按照一般的或抽象的情况去规定，必须按照具体情况去规定。

三大战役首先选择东北，辽沈战役首先选择打锦州，淮海战役首先选择打黄百韬，这些动作都是有决定意义的。说明我们的选择是对的。

那么，已经开始的平津战役和淮海战役之间的关系又是什么呢？

在发起平津战役前，自己就对蒋介石和傅作义的心理进行过细致的分析。那时，对于平津，是固守还是撤退，蒋介石、傅作义和美国之间，同床异梦，各怀鬼胎。蒋介石是既想让傅作义固守华北，迟滞我大军南下，又想把华北兵力全部南撤，巩固江南防务，举棋不定。傅作义呢？也是脚踏两只船，想看看形势变化，平津能守就守，不能守就西逃绥远，不得已时就向南逃跑，但又摆出固守的架势，想捞取美国援助，扩充实力。美国看到蒋介石大势已去，从援助蒋介石的武器中拿出一部分，直接供给傅系部队使用，好让傅作义固守平津，以维护美国的在华利益。傅作义虽然有西逃、南窜两种可能，但西逃的可能性较大，因为，绥远是他的老窝。

那时的关键是，如何在东北野战军主力入关之前，将傅作义的部队抑留在华北，不使其南窜或西逃绥远。

平津战役已经打了十多天了，张家口、新保安已经被华北军区第2、第3兵团和东北野战军第2兵团包围，傅作义集团沿平绥线西撤绥远的通道已经被我军切断。东北野战军主力也已经入关。第一步的计划是实现了。

那么，下一步呢？

但是，此时，东北野战军主力入关后刚刚到达丰润、蓟县及玉田地区，数日内不能完全切断北宁路平津段和津塘公路，完成对北平和天津的战略包围和战役分割。

同时，在天津、塘沽海港尚未冻结，傅作义集团不能西退绥远的形势下，还有向东经天津、塘沽港海路南撤的条件和可能。

毛泽东点燃一支烟，边抽边在屋子里踱起步来。

"主席，外面下起了毛毛细雨。"

"哦，是恩来啊。我正想找你呢？怎么，也睡不着？"

"是啊，徐州杜聿明一坨，平津傅作义一坨。一时难以吃掉啊。"

"你的看法呢？"

"该给傅作义下点毛毛雨了。"

"说得好！不止是傅作义，连蒋介石和杜聿明也都该下点毛毛雨了。来，来，具体谈，具体谈。我们谈透了，再和朱老总、少奇、弼时他们通报嘛。"

< 蒋介石派军令部长徐永昌飞赴北平劝说傅作义南撤。

"对呀，傅作义和杜聿明虽然一个在华北，一个在淮海，其实，他们的命运也是紧密地联系在一起的。蒋介石要想救出杜聿明这支嫡系部队，亟须将华北蒋系部队南调。傅作义呢？在兵力部署上煞费苦心地摆了个长蛇阵。他自己的部队全在平绥线，蒋系部队在北宁线。他自己的部队一旦不利，可以向绥远逃之夭夭。还有一点，蒋介石要在巩固长江防线上早做打算，也希望傅作义南撤。"

蒋介石的动作证实了周恩来的说法。

他先派军令部长徐永昌亲飞北平，劝诱傅作义南撤，又派参谋次长李及兰、总统府参军罗泽闿等持他的亲笔信到天津，让陈长捷相机"将守天津部队撤退塘沽，从海上逃走，以加强华中力量"。

"虽然傅作义有自己的一本初衷，以种种理由拒绝南撤。但是，变化了的情况不得不使他采取新的部署。他的嫡系35军等已经被分割包围于平张线，我东北野战军入关也没有什么秘密可言了。这样一来，他感到平津间的交通有被切断的危险，因此，他才再次收缩兵力，调整部署，实施北平和天津、塘沽分区防守，并加强天津、塘沽的防御力量。种种迹象表明，不能排除傅作义有逃跑的可能。"

听到这里，毛泽东重重地点了点头，接过话头说：

> 平津战役中，被我军俘虏的国民党天津警备司令部中将司令陈长捷。

国民党天津警备司令陈长捷 —— ▲ —

　　福建闽侯人。国民党陆军中将。保定陆军军官学校毕业。曾任晋军第4军第72师师长，预备第61军军长，第13集团军副总司令，晋绥军第6集团军总司令兼第四行署主任等职。1940年初，追随傅作义投向蒋介石，初任伊克昭盟守备军总司令。1943年任兰州补给区司令，军事参议官。1947年任西北行营第八补给司令。1948年任天津警备司令。在平津战役中被人民解放军俘虏。

"那么，傅作义如果逃跑，会从哪里逃呢？"

周恩来知道，这是毛泽东说话的方式，他不是在问别人，而是在问自己。

"傅作义没有向西安、郑州、徐州逃跑的危险。这是因为，西北野战军和华北第1兵团可以阻止其向西安逃跑，中原、华东两军可以阻止其向郑州、徐州逃跑。

现在，我们有8个纵队部署在平绥路，也堵住了傅作义西逃绥远的道路。这个危险也可以排除。

不过，傅作义有向青岛逃跑的危险，因为我们在天津、济南、青岛之间没有兵力。但是，此种危险并不太大。因为，敌人由天津经济南到青岛，比较我军由徐州附近到青岛的路程要远些，我军可以由徐州到胶济县去截破它。"

"那么，我们惟一的或主要的是怕敌人从海上逃跑了。"周恩来接过话头说。

"对！傅作义逃跑的主要危险是海路。这里有两个原因：一，我东北野战军主力刚刚到达冀东地区集结，距离北平、天津、塘沽地区还有数天的路程，平津铁路和津塘公路还没有切断，塘沽海口还没有控制在我们手中。二，刘伯承、粟裕他们在10天内即可以全部解决被围的杜聿明集团34个师。杜聿明集团一解决，国民党军全局就动摇了，蒋介石势必重新部署，他有可能以现在上海集中待命的数十艘船只突然北上，作接走北平、天津、塘沽、唐山诸敌之计划，时间取决于10天之内。"

"这样一来，我们能否实现就地歼灭傅作义集团于平、津地区的既定方针就会打折扣的。"周恩来说。

"是的。必须采取有力措施抑留傅作义集团于华北。"毛泽东坚定地说。

"我们所拟定的'隔而不围'和'围而不打'的部署，肯定会出乎傅作义的预料之外，等他明白过来后，我们的部署已经完成了。他再想调整部署，活动手脚，就由不得他了。"周恩来说。

"是啊，是啊，有时候，毛毛雨的作用比急风暴雨还要管用。看来，粟裕那里也可以暂时稳一稳，放一放。好宴席不怕迟嘛。"

"暂时留下杜聿明不打，也是对傅作义的一种安慰。给这只惊弓之鸟留下一段观望的时间，留下一点点幻想。"

"这就是另一场毛毛雨喽。"

"华东、中原两大野战军连续作战几十个昼夜了，也该让他们好好休息了。"周恩来说。

"听说陈官庄地区下了大雪？"毛泽东问。

"是的。飞机都起飞不了。"

"这面下雨，那面下雪，雨雪交加，好戏还在后头呢。"

"哈哈哈哈，是出好戏，好戏，主席导演的好戏。"

"看看老总、少奇他们睡了没有，还是应该尽早定下来。"

4、筹划粮草，养精蓄锐

一听到黄维兵团被全歼的消息，整整七天七夜没有合眼的粟裕终于吁出了一口气，倒头便沉沉地睡去了，这一睡就是十几个小时。

醒来后，他只问了一句："有什么吃的？"看也不看不管炊事员端来的是什么，便狼吞虎咽地大吃大嚼起来。

他实在是太累了。战役发起至今，已经有40多天了，他从来没有睡过一个囫囵觉，双颊坍陷了下来，眼里布满了血丝，胡子也顾不上刮，身上的棉衣明显有点晃荡。

他累，刘伯承、陈毅、邓小平、谭震林他们也累，整个华野、中野上下处于极度的疲惫之中。

事后，邓小平在给毛泽东的报告中还念念不忘：

歼灭黄维兵团时，各部均下了最大的决心，不顾任何代价，歼灭黄维兵团的意志一直贯穿到下面；故在整个作战过程中，各纵队虽经过三次到四次的火线编队，没有叫苦的，但在总攻的时候，中野各纵队伤亡二万余人，气已不足，结果使用了华野两个纵队才解决了战斗。……战后各纵队一致感觉中野不充实，以不能独歼黄维，增加华野过大负担为憾。

邓小平说得对。粟裕心中也有一样的忧虑。

伤亡数字很快就统计上来了，在围歼黄百韬和黄维的战斗中，仅华野部队就伤亡了官兵7.33万人！

算起来，在整个华野，除了团以上干部可以勉强维持外，营、连干部若要补齐，至少需要5,000以上。虽然通过其他渠道解决了一些，但是，杯水车薪，为数极少，根本不能满足部队需要。连队干部更缺了，大部分连队有连长没有政治指导员，有指导员没有连长，有正没有副，有副没有正，少数连队只有一个连干部。解决这些干部的缺额，成了当务之急。

粮食和弹药也需要大量补充。

看来，立即总攻杜聿明集团，取胜当不成问题，但是付出的代价可能要大得多。

现在，杜聿明集团已经陷入援军无望、突围不能的境地。在这样的有利条件下，如果能利用战斗间隙进行修整，对尔后一鼓作气全歼杜聿明集团是十分有利的。一个大胆的想法在粟裕脑中形成。

也正是粟裕考虑利用战斗间隙修整的时候，毛泽东接连电示他本人和总前委：

你们围歼杜、邱、李各纵,提议整个就现阵地态势休息若干天,只作防御,不作攻击,待黄维歼灭后,集中较多兵力,再举行攻击。

黄维被歼,李延年全军退守淮河南岸;我包围杜聿明各部,可以十天左右时间休息调整,并集中华野全力,然后发起攻击。

粟谭仍应坚持十天休整计划,即使杜聿明于此时期突围,仍应以一部抗击之,待我完成休整计划并重新部署以后再举行攻击,并准备按照打黄维的办法逐次解决之。

你们可集中华野全军并多休整数日,养精蓄锐,然后一举歼灭杜聿明。只要杜部不大举突围,你们应休息至下月初,约于子微(1月5日)左右开始攻击较为适宜。

在最后一份电报中,毛泽东问粟裕:"给养情况是否已有改善?弹药准备如何?望告"。

这正是粟裕在思考和运筹的一个问题。

战场在不断扩大,两大野战军,加上地方部队、支前民工,我们投入的人力,少说也有140多万了,还不包括不断增加的俘虏。

兵马未动,粮草先行。这么多人,天天要吃饭,粮食问题成了能不能保证战斗胜利的关键问题。

毛泽东也一直关心着淮海战场的吃饭问题。

黄百韬兵团被歼灭后，毛泽东就指出："我大军屯于徐蚌之间日子久了，粮食亦必感到困难。"他指示刘伯承、陈毅、邓小平和粟裕、陈士榘、张震等："必须用一切办法克服此项困难。"

粟裕牢牢记住了毛泽东的指示。

现在，战线迅速西移，部队调动频繁，华东、华中、中原和冀鲁豫4个根据地之间没有统一的协调机构，粮食供应问题越来越突出了。黄维兵团已经被全歼，杜聿明集团的失败也是必然的，我军正在进行休整，正可以腾出时间认真筹划粮食供应问题。

粟裕认为，当务之急是成立一个统一的支前机构，把华东、华中、中原和冀鲁豫4个根据地的力量有机地组织在一起，解决华东、中原两大野战军和支前民工的粮食供应问题。

邓子恢 —————————————————————————————

福建龙岩人。土地革命战争时期，任中共闽西特委书记，闽西苏维埃政府主席，闽西苏维埃政府经济部部长等职。抗日战争时期，任新四军政治部主任，第4师政治委员，中共淮北区委员会书记等职。解放战争时期，任中共中央华中分局书记，中共中央华东局常委，中共中央中原局第三书记，中共中央华中局第三书记，第四野战军第二政治委员等。

12月15日，粟裕、陈士榘、张震联名致电中原野战军副政委邓子恢、参谋长李达，并报刘伯承、陈毅、邓小平，华东局，中央军委，建议召开由4个根据地代表参加的联合支前会议专门研究。

在电报中，他们既宏观分析了淮海战场粮食供应形势及面临的新困难，又从微观上精确计算了粮食的供应需求以及具体解决办法。他们根据每日每月的粮食需求量，严格区分毛粮和加工粮，将毛粮和加工粮的数量分别计算得一清二楚。当时，各个解放区的度量衡标准并不统一，山东、华中每市斤为13两6钱，江淮、豫皖苏每市斤为16两，冀鲁豫每市斤为14两4钱。他们强调，计算时必须统一标准。考虑到冬季多雪、运输不便等因素，他们提出，必须提前筹措过冬粮食，并在规定的时间运到适当地点。他们根据供应和需求的不同情况，具体规定了各根据地承担的任务和送粮目的地。他们对战区粮食供应提出了五个统一：粮票统一、粮食折合率统一、支拨手续统一、运输能力统一、新区就地借粮政策统一。

∧ 淮海战役期间，后方大批粮食运往前线支援我军。

刘瑞龙

江苏通州人。土地革命战争时期，任中共南通县委书记，江苏省委外县工委书记、农委书记，川陕省委宣传部部长，红四方面军政治部宣传部部长。抗日战争时期，任中共豫皖苏区党委副书记、淮北行署主任、苏皖边区政府副主席。解放战争时期，任苏皖边区政府第一副主席、华东野战军第二副参谋长兼后勤司令、第三野战军后勤司令等职。

12月20日，中央军委致电刘伯承、陈毅、邓小平、粟裕、谭震林并华东局、中原局、冀鲁豫区党委、华中工委：

粟陈张亥删关于战区粮食供应情况电悉。如刘陈尚未动身，请小平同志考虑召开一次总前委会议，讨论今后三个月的粮食供应、弹药补给、交通运输及其他有关后勤支前的工作。其中，关于前线者，即由你们直接令行，关于与后方有关者，请以你们决定通知华东局、中原局、华北局并告我们。如你们认为有开联合支前会议必要，即由你们直接召开包括华东、华中、中原、冀鲁豫四方面支前代表的会议，解决具体问题，并由总前委中一人主持。

总前委决定，由刘瑞龙、傅秋涛主持召开了4个解放区和华野、中野代表参加的联合支前会议，进一步明确了各个解放区的支前任务和分工协作办法，顺利解决了淮海战场的粮食供应问题。

大事解决了。小事也应该解决一下了。

看着部队连续作战，日夜不停，经常吃不到油盐，十分疲劳，需要及时补充、恢复和保持体力。

粟裕和陈士榘、张震、政治部副主任钟期光一合计：是该犒劳犒劳我们的指战员

> 傅秋涛，1955被授予上将军衔。

傅秋涛

湖南平江人。土地革命战争时期，任平江县雇农工会委员长，中共湘鄂赣省委书记，湘鄂赣军区政治委员等职。抗日战争时期，任新四军第一支队1团团长，支队司令员兼政治委员，新四军第7师副师长等职。解放战争时期，任鲁南军区政治委员，鲁中南军区司令员，华东支前委员会主任委员、支前司令部司令员，中共中央山东分局第一副书记，山东军区副政治委员等职。

∨ 中原人民支援我军的架子车队将弹药运往前线。

了。他们联名发报，建议华东局、华东军区首长到前线慰问部队，平均每人能分到5包香烟、半斤猪肉，举行一次会餐，以恢复精力。

周恩来为中央军委起草电报指示：

"淮海战役已进行月余，前线将士浴血歼敌，辛劳备至，粟陈钟张所提，亟应照准。兹由军委决定，凡我华东、中原参战部队，前线人员，一律慰劳以每人猪肉一斤，香烟五包，凡不吸烟者，得以其他等价的物品代替。此项款物由华东、中原两军区按所属范围分担。"

由最高统帅部决定一次会餐，这在中外战争史上，恐怕也是绝无仅有的。

是该让战士们好好休息休息了。看着各部队像过年一样兴高采烈的样子，粟裕感到从来未有的轻松。这天，他来到华野司令部所在地的相王城，跟张震说："听说相王城很有点来头的，走，看看去！"

粟裕和张震快步登上了城边的相山，相王城尽收眼底。

张震比比画画地介绍说："听老乡们说，相王是商汤时期的一个诸侯，最早发明了马车，他赶着马车到此建城，至今已经有四千多年的历史了。"

"是啊，历史总是由人来书写的。"粟裕自言自语地说。

远远望去，陈官庄方向浓烟滚滚，炮声隆隆。

粟裕和张震相视一笑。

胜利越来越近了！

①

②

③

④

❶ 我军某部正向前线疾速进军。
❷ 我军某部冲向敌阵地。
❸ 我军某部组织干部进行敌前侦察。
❹ 我解放大军正行进在去前线的路上。

叶 飞
（时任华东野战军第1纵队司令员）

（12月）17日，野战军召集各纵队领导人会议。

会上野战军首长向我们传达了一个振奋人心的消息：

东北和华北我军联合举行的平津决战已经切断傅作义集团西逃退路，为了不使蒋介石迅速决策海运平津诸敌南下，中央军委和毛主席决定，淮海前线全军转入战场休整，对杜聿明集团采取"围而不打"，两个星期不作最后歼灭之部署……

——摘自：叶飞《机智迅猛歼顽敌》

★★★★★

谢有法
（时任华东野战军山东兵团政治部主任）

　　这时，华北战场已发起平津战役，中央军委为了稳住平津之敌，不使其南逃，命令华野部队对杜聿明集团围而不攻。

　　连续电示：你们围歼杜、邱、李，各纵可以10天左右时间休息调整，只作防御，不作攻击。

　　遵此，华野包围杜聿明集团的各纵队，于16日开始转入战地休整……

　　　　　　——摘自：谢有法《山东兵团在淮海战役中》

别样战场景观

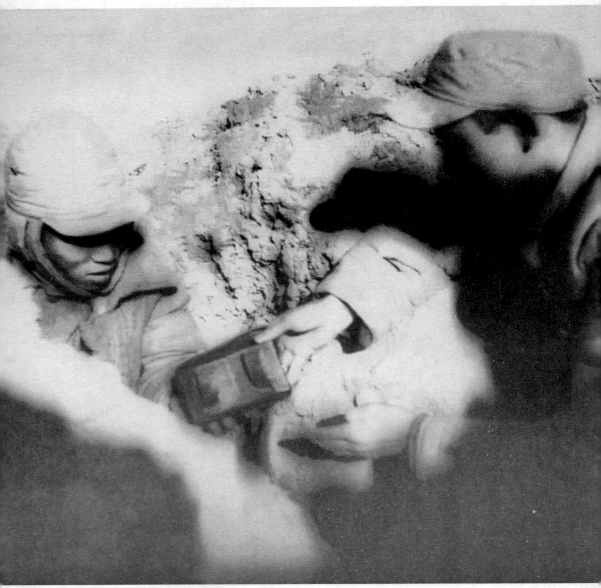

∧ 淮海战役中，刚解放的国民党士兵主动要求参加战斗。

华野部队转入战场休整，各项总攻准备在紧锣密鼓地进行：调整部署、整顿战斗组织、充实干部、补充兵员，评功立功、火线入党、战术研究、近迫作业。

在表面平静的休整中，涌动着奔向最终目的地的滚滚春潮。文艺小分队深入前线，火线演出精彩绝伦。火线除夕传递着指战员们"传檄到江南"的豪迈气概。

1. 秣马厉兵

炮火纷飞的战场突然沉寂下来了，一线指战员们一时还真难以适应。

指挥部的大脑却不能有片刻休息，他们知道，杜聿明、邱清泉、李弥们，还有突围的可能。为了防止杜聿明集团突围，华东野战军调整了部署：

以谭震林、王建安指挥第1、第9纵队和渤海纵队，以宋时轮、刘培善指挥第4、第10纵队及冀鲁豫军区两个独立旅，以韦国清、吉洛指挥第2、第8、第11纵队，为包围监视杜聿明集团的第一线部队，边围困边休整。

将原来在第一线的第12纵队调至薛家湖、山城集、火神殿地区，以冀鲁豫第3军分区两个基干团负责控制夏邑并归两广纵队指挥。以两广纵队附野战军总部警卫团控制以会亭集为中心的地区。豫皖苏独立旅并附野战军骑兵团于鄷阳集为中心地区布防。鲁中南纵队位于永城，第3纵队位于铁佛寺、百善集地区待机。第13纵队于马村桥为中心地区待机。第6纵队于宿县以东三铺地区。第7纵队于萧县附近。第35军于山城集。以上各部为第二线部队，到达指定位置后即进行休整，并随时准备配合第一线部队作战。

总前委指示：中原野战军除以豫皖苏军区5个团位于浍河沿岸向蚌埠警戒、侦察

两广纵队 —————————————————————————— —

中国人民解放军由广东人民抗日游击队发展起来的一支野战部队。1947年8月1日成立于山东惠民，由曾生、雷经天分任司令员、政治委员，隶属华东野战军。该纵队先后参加了南麻、临朐、诸城、豫东、济南、淮海等战役，共歼国民党军队5,000余人。1949年3月，改隶属第四野战军，南下参加广东战役。1950年2月，编为珠江军分区，撤销了纵队所属两个师的番号。

< 曾任两广纵队司令员的曾生。1955被授予少将军衔。

外，主力集结宿县、蒙城、涡阳地区，担任战役预备队，以备战姿态进行整补，随时准备协同华东野战军歼灭杜聿明集团，或歼灭由蚌埠方向再次可能来援的李延年、刘汝明两兵团。

当务之急是恢复整顿战斗组织和补充兵员。

战役已经打了40天了，伤亡不断增加，黄百韬兵团和黄维兵团都是国民党军中的精锐部队，不说啃下整个这两块硬骨头了，就是夺取一个小小的地堡，也要付出极大的牺牲。伤亡数字是明摆着的，在围歼黄百韬和黄维两个兵团的战斗中，仅华野部队就伤亡了官兵7.33万人！其中伤愈归队者1.27万人。缺口太大了。干部更

野战军 —————————————————

解放战争时期，中共中央军委将在各大战略区的部队划分为野战部队、地方部队和游击部队三类，并将野战部队按其所在地区分编为西北、中原、华东、东北、华北野战军，各野战军均辖若干个兵团。以后又将西北、中原、华东和东北野战军分别改称第一、二、三、四野战军，华北野战军的各兵团直属中国人民解放军总部。建国后，撤销野战军番号。

是缺额严重。

华野下决心精简各级机关。

从各级司令部、政治部、后勤部和直属部门抽调出的 1,000 多名参谋、干事、科员、文工团员和老战士,打起背包到团以下部队任职。

纵队、师、团的侦察、通信参谋和警卫人员,也大量充实到基层部队。

各级教导团干部全部补入战斗部队。

从老战士和经过战斗考验的解放战士中,提拔一批基层干部。

华东军区也伸出援助之手,鲁中南分区抽出 600 人,胶东分区抽出 500 人,渤海分区抽出 400 人,1,500 名连以下干部补入了华东野战军。

5,000 多名连以下干部的缺额终于补上了。粟裕的脸舒展多了。

干部问题基本解决了,兵员补充也迫在眉睫。

12 月 12 日,中共中央华东局向中央军委上报了《分期分批补充主力 11 万的方案》,华东局和华东军区联合发出了《关于动员兵员补充主力的政治工作指示》,要求各县区武装部、军分区深入政治教育,加强兵员动员的组织实施,保质保量地完成今冬明春分 3 批完成补充主力 11 万人的兵员计划。

解放了的华东大地上,又一次掀起了参军的热潮。一批又一批热血青年胸戴大红花,在父老乡亲敲锣打鼓的欢送声中,走进了华野部队,走进了淮海战场。

华东军区 16 个地方基干团队升级编入了野战军。12 月中旬,第 1 批 13 个团 2.4 万多人已经按计划补入了华东野战军。华东野战军前委、政治部赞扬这些基干团"部队均有 2 年以上历史,党员到 30 ％以上,上升主力情绪甚高"。

大批俘虏的补训溶化工作也在有条不紊地进行着。

两个阶段,俘虏国民党军 10 万之众。

对待这些俘虏,华东野战军的方针是:随俘随补,随补随战。经过短期教育和战斗考验,大批俘虏士兵补充到了连队。在打黄百韬兵团时俘虏的士兵,到围歼杜聿明集团时,有的已经当了排长、连长!这是中国革命战争战场上的奇迹!周恩来说:"这种情形是世界战争史上少有的。

是啊，那是个需要奇迹的时代，也是个创造奇迹的时代。时代赋予了中国共产党和它所领导的人民军队创造奇迹的机遇，他们也就勇敢地承担起历史的责任，创造出中外战争史上的一个又一个奇迹！

与国民党军队越打越少形成鲜明对比的是，解放军越打越多。华东野战军已经由战役发起时的42万人增加到46万人。这是又一个奇迹！

陈毅同志为这些新老战士写下了这样的诗句：

老战士，
几年久从戎。
拥政爱民作模范，
军政学习当先锋。
杀敌气如虹。

新战士，
列队长又长。
谡谡军装何整肃，
昂头阔步挺胸膛。
杀敌志如钢。

新同志，
解放最开怀。
诉苦从头难说尽，
壮丁远处被抓来。
共打蒋独裁。

在20多天的战场休整期间，各部队还深入进行了形势、任务和纪律教育。

火线评功、立功、庆祝活动和吸收新党员活动也轰轰烈烈开展了起来。

各部队针对敌人防御的特点，广泛开展军事民主。昔

∧ 1948 年，时任华东野战军司令员兼政治委员的陈毅在河南濮阳。

∧ 我军战士跃出交通壕向敌发起冲锋。

日勇猛冲杀的指战员们，俨然成了一个个军事专家，成了小小诸葛亮，步炮如何才能更好地协同？如何更好地对付敌人的坦克、地堡、毒气？要学会利用照明观察敌情，亮光一灭马上出击。占领地堡和房屋要坚守到底，再困难也比攻第二次好。顺口溜、战地小报遍地开花，将新经验、新办法向四方传递。

又一场生龙活虎的练兵热潮、练兵竞赛在严寒的大地上展开，溶化了冰雪，赶走了寒冷。

前沿部队冒着敌人的火力，破开冻土，进行近迫作业。纵横交织、四通八达的交通壕，逼近敌军前沿阵地仅仅35米。敌人的活动范围被大大限制了。

交通壕

    阵地内连接堑壕和其他工事，供人员隐蔽运动用的壕沟，构筑有进出设备、待避设备和排水沟等。根据需要，有的地段还构筑有观察、射击、掩蔽等设备或加掩盖。按其深度分，有匍匐行进、屈身行进和立姿行进三种。平面形状多为曲线形和折线形。

    第一线突击部队根据当面敌情、地形，发动指战员研究歼敌战法，制定了作战方案和步炮协同计划。

    总攻前的各种准备在紧锣密鼓地进行着。

2．火线上的演出

在休整期间，各个阵地上活跃着一支又一支文艺宣传队伍。他们用自己的精彩表演，给指战员们送去了欢声笑语。

别看他们人手并不多，演出样式却非常丰富，有快板、小调、枪杆诗、短剧、歌谣、活报剧、广场秧歌剧，还配合着幻灯、画片、连报等等形式。

演出场地因地制宜，因陋就简，要的不是排场，要的是效果。

时任指导员的艾奇有过精彩的记述：

活报剧 —————————————————————————————— —

简称"活报"，意为"活的报纸"，以应时性、实事性为特征的戏剧类型。形式活泼，篇幅短小，多在街头、广场演出，也可在剧场演出。对反面人物常作漫画式的揭露，并插有宣传性的议论，是一种用速写手法迅速反映时事的戏剧形式。中国的活报剧产生于20世纪20年代后期，在革命战争年代中运用尤多。

在一座残破的庙院里，划地作"舞台"，立杆悬汽灯，做好了防空准备。我们把雨衣铺在雪地上，面对"舞台"而坐。

戏没开场，前边传来的枪炮声已经被战士们的笑嚷声掩盖住了。文工团几个同志连乐器、化妆品等都没有带，只见他们有的把牙膏挤出来往脸上涂，有的用钢笔往脸上画线条，有的手里拿着两个瓷碗，碰得嘎嘎响。他们一捧一合地轮流唱着：

"淮海战场传捷报，我军歼灭了黄百韬；邱、李、孙兵团又被围住，叫他们插翅也难逃。"唱的时候，还有人用两根木棒敲打着钢盔和汽油桶。他们赤手空拳的几个人，现编现唱，把一台戏演得这样热闹，真是令人佩服。

我们正看得起劲，突然防空的枪声响了。于是，汽灯降落到预先挖好的土洞里去，整个庙院里没有半点光。敌机在头上瞎嗡嗡了一阵，不知对什么地方丢了几个炸弹，朝南飞去了。跟着，庙院里汽灯又高高升起，掌声和笑声又继续的哄响，舞台上扮蒋介石的演员又接着唱起来：

"要命要命真要命，昨天晚上做个梦；梦见祖宗袁世凯，拉我直往棺材里挣……"

正在演出的这幕活报剧叫"蒋家江山要完蛋"。"蒋介石"在舞台上平伸着两只胳膊边转边唱：

"飞飞飞，飞飞飞，飞到东北去指挥……东北眼看没希望，天天损兵又折将；徐州会战要失败，我这个江山不久长……"

"蒋介石"飞到哪里，哪里都是失败，于是，颓丧地往下一坐，哀叹道；"完了！"恰巧一阵风吹来，把汽灯刮熄了。这个巧合，把全场的观众都逗乐了，有的高喊着："完了，蒋介石确实要完蛋了！"有的解放战士也说："天菩萨也不饶他了！"许多同志从腰间解下手电筒，照着"舞台"喊道："别等汽灯了，我们照着你们演吧！"

同志们情绪高涨，欢笑的声浪一阵比一阵高。戏演完，只见团政治委员大步跨上"舞台"，有力地问道：

"文工团演得好不好呀？"

"好——"战士们高声地回答。

"蒋家江山怎么样呀？"

"快完蛋了！"

"我们怎么来实现这个愿望呀？"

"坚决彻底把敌人消灭掉！"

哗哗的掌声，沸腾的欢呼声，把沉闷的气氛一扫而空了，战士们战斗的火焰点燃地更加炽旺了。

演出的内容，还有一大部分来自部队生活的实际。演的是自己的事，抒的是自己的情，官兵们当然爱看了。

有一个戏，名叫《3班长》，就是根据某连发生的真事改编的。

当时，这个连队补充了130多人，其中解放战士就有一百开外，如何巩固部队、提高斗志，成了指导员艾奇考虑的头等大事。

怕什么就来什么。一天，1排长和2排长同时报告：3班战士张少武和2排的王学山跑了！

战事正紧，跑了兵可不是小事。艾奇二话不说，抄近道去营部汇报，路上，发觉短墙后有两个四川口音的人在谈话，仔细一听，正是张少武和王学山。

一个说："咱们下半夜再回去，看看是不是要活埋我们。"

另一个说："那是国民党哄人的。八路军我知道，不会活埋我们的。"

"那为啥子今早挖坑那阵，班长叫我睡进去比试比试呢？"

"你挖得那个坑也太小了点，咋个防炮呀？你们班长脾气大，往后你可要多长点眼色。"

艾奇一听，这哪里是要逃跑的样子。他没有惊动这两个战士。回连队的路上，艾奇越想越感到自己得工作没有做好，没有做到战士的心坎里去。

他又想起了上次集合看戏的事。全连高高兴兴的正准备出发，3班长火急火燎地报告说张少武不见了，5班长又说他们班多了个人。一个少了，一个多了，莫非站错队了？仔细一看，张少武果然站在了5班的末尾。说他站错了，他还硬说自己的班长是个高个子。张少武刚刚补充进来，对自己的班长不太熟悉，也情有可原。3班长一听来气了，板着面孔训斥张少武："以后不准乱站队！"

后来，指导员艾奇找来3班长，要他和张少武好好谈谈心，消除隔阂。3班长倒是答应了。谁知，没有说几句话，就又崩了。3班长一见张少武，气就不打一处来，又是一顿训斥。张少武在国民党军中受够了气，一见上级就战战兢兢的，一见班长吹胡子瞪眼睛的，只能唯唯诺诺地直答"是"。3班长一听，更是火上加油，他大声喊道：

"难道你生下来就只会说个'是'字？"

张少武彻底晕了，他大气都不敢喘，低声应道："是！"

艾奇越想心里越沉重。这个3班长工作是毛躁些。问题的根子是，我们有的干部，对解放战士的有些作风看不惯，管理教育很不耐心，自然会影响到班长。

艾奇将这些情况和自己的想法向师政治部作了汇报。

政治部主任认为，这是个大问题，应该抓一抓，要在座的文工团的同志协助部队写个教育材料。

过了两天，文工团果然带着新节目上门来了。

一看演的是自己身边的事情，战士们来了精神，先是静静地看，后来就唧唧喳喳地议论开了。

节目当然不是生活的全盘照搬，最后的结局是，3班长改掉了

＜ 我军文工队员在街头演出"活报剧"，为当地军民作宣传。

∧ 淮海战役期间，我军文工队员为部队表演节目。

自己的毛病，带领全班团结奋战，还立了功。看到这里，全场响起了长时间的鼓掌声。

看过戏后，连里又召开了座谈会。张少武在发言中说，自己轻信了敌人欺骗宣传，怕被活埋。那天准备到别的连队找老乡，探探风声。3班长也红着脸站了起来，检讨了自己的错误，最后，他表示，一定要像戏中的3班长那样，和大家团结一心，做好工作，争取当个模范班。

有的战士还神秘地问指导员："我们的心事，对谁也没有说过，怎么也上戏了？"

指导员说："那不单单是你自己的心事，也是咱们全连同志的心事啊！"

看来，这戏真演到战士们的心坎里了。

如火如荼的火线文艺演出，受到了战士们的热烈欢迎和爱戴。演出队的同志一到战壕里，战士们立刻就活跃起来了，有的要他们唱歌、有的要他们教歌，一派热闹景象。演出队员们有求必应，除了前面说过的比较"正规"的演出外，大多是就地即兴演出，一首歌曲，一段快板，眼到心到，张口就来。

一次，一个演出小组正顺着战壕边走边唱，几发炮弹在他们不远处爆炸了，但是他们仍然没有停止演唱。又一次，演出队的两名同志索性跟随出击的部队跑到了离敌人只有200米的地方，向着继续前进的部队唱道：

一排同志准备好，
子弹上膛枪上刀，
敌人已经乱糟糟，
我们勇敢冲上去，
快为人民立功劳……

大家一听，战斗的情绪更加高涨，追击的脚步更快了，很快就打垮了敌人。

演出队的演出鼓舞着战士们奋勇杀敌，战士们英勇顽强的战斗精神也激励着演出队斗志。有一个演出小组从早晨4点到下午4点一直活跃在前沿阵地上，见什么，唱什么，又是快板，又是小调，花样跌出，高涨的战斗激情洋溢在冬日的淮海大地上。

看了这样的演出后，有的解放战士深有感触地说：

"国民党军里有政工队，他们是躲在后方演戏给当官的看的。咱们解放军的文工团都到火线上来，尽演咱当兵的事。"

看了演出队的演出，许多连队的文艺骨干心里也痒痒的：演出队能见什么唱什么，我们就不能写写自己的身边事吗？于是，有的连队就开展了"战壕诗"运动，内容有写战壕生活的，有表扬英雄模范人物的，有表示杀敌决心的，下面就是他们创作的散发着浓浓硝烟味的作品。

战士吴鑫亭写道：

Ｖ 解放战士组织秧歌队欢度节日。

大雪纷纷好冷天，
英勇战斗在前线；
前线围住两兵团，
要想逃走难上难。
咱们冲锋要争先，
杀敌立功在目前，
立下大功人人敬，
万古英名天下传。

战士田亦明写道：

说洋镐，道洋镐，
战场上挖了一条交通壕，
旁边造个大碉堡，
地堡修得要坚牢，
我们七连守碉堡，
看住敌人跑不掉。

战士王元礼写道：

机枪机枪是个宝，
平日我把你爱护好，
战场请你咯咯叫，
现在把你架在小地堡，
敌人来了不要叫他跑。
机枪说：
好好好，好好好，
敌人来了一定不叫他跑，
给那些流血同志把仇报；
再感谢你平日把我爱护好，
叫你这次战报上立个大功劳。

> 我军文工队员正在表演节目。

作者是战士，写的也是战士自己的事，既可以钉在工事的墙壁上观赏，又可以当快板念给大家听，那必胜的豪情，那乐观的信念，通过一个个小小的舞台，在战壕里生根、开花。

3．战地新年

1949 的新年马上就要到了。

除夕那天，是个难得的好天气，太阳上来的似乎比平日早，给寒凝的大地增添了许多暖意。

连长杨维林和指导员张虎早早就起床了，兴奋地商量怎么过好年，为新的一年开个好头。

电话铃急促地响了。他们两人相视一笑：好兆头！说不定，团里开会是要布置今晚开始总攻呢。

"要是今晚总攻，你可要早点告诉我啊！"看着杨维林走出防空洞，张虎急忙说。

"今天天气这么好，正是'打猎'的好时机。你就等着好消息吧。"杨维林笑呵呵地说。

是啊，杜聿明集团已经被围了整整 26 天了，部队天天都在盼望总攻的命令，从上到下，士气嗷嗷叫，都在等待全歼敌人的那一天。

喜庆的日子，心情自然格外愉快。张虎信步沿着称为"威力路"的战壕，走上"胜利大街"。这条"街"，是补给和运动部队的干线，是部队的生命线，可以同时对走两副担架。它像一条灌溉的干渠，向四外伸展出许多支流，把密如蛛网的交通壕、堑壕连接起来，一直通往敌人的阵地前沿五六十米。

现在，这些纵横交织的沟壕，已经作了许多装饰。2 排炮阵地门口，挂着一块用炮弹箱做成的横匾，上面用大红颜色写着"1949"的字样。仔细一看，这四个字都是用绞索的图案组成的。在绞索中间，套着一个用黑颜色画的蒋介石。一个战士解释说：这表示我们在 1949 年要把蒋介石绞死。

阵地的周围，也用炮弹壳、引信盒等组成许多图案，交通沟里也面目一新。战士们用铁锹把"威力路"两侧的壕壁修得平平整整，刻着"打到陈官庄，活捉杜聿明"；每个掩体门口，都用小石子镶着各式各样的花样；有的战士还用树条扎座小彩门，门上贴着个大红双喜。到处喜气洋洋，真有点过新年的样子。

张虎看到的只是自己连队的景象。其实，整个战场都已经被战士们装点一新了。他们给每一道交通壕都起了好听的名字，插上路牌：这条是"前进路"，那条是"紧备（紧张备战）路"，另一条是"胜利路"……路的端口是"立功门"。战壕的两壁上，是用棉花、布片镶嵌成的各式各样的"恭贺新禧"字样和各种春联。有的掩蔽部门口，横刻着"出门立功"的大字。掩蔽部里，贴满了战士们的新年立功决心书。有的在最前沿的机枪工事枪眼两边，贴上鲜红的春联：

看我们热闹烘烘过年
见敌方死气沉沉等死

豪迈之气，可见一斑。

张虎走到观察所。只见几十架敌机又在天上打转转，向他们的阵地空投物资。炮手们正在兴高采烈地瞄准，准备"打猎"。

这时，连长杨维林兴冲冲地回来了。张虎一看，知道有名堂，忙问："干吗？"

"干！"杨维林神秘地把张虎拉到一边，轻声地说："前线指挥部下来命令啦，今晚要给敌人一顿好'年礼'。咱们全线大炮每门3发，小炮5发，在一个时间内，向监视目标齐放，你说不是好'年礼'！"

全连立刻紧急动员起来。炮手把炮和炮弹擦了又擦，观测手迅速找目标，标定方位，一直忙到中午。炊事班送年饭来了，有酒有肉，四菜一汤。阵地上，立即响起一片欢乐的谈笑声。

炊事班为了这顿饭，可是费了不少心思，什么河南辣椒、山东花生米、苏北的'白条猪'，山南海北，尽显神通，加上濉溪口的名酒——口子酒，风味十足。

吃着，笑着，一个战士小声嘀咕道：

"我们在阵地上过年，吃得这样丰富，不知包围圈里的敌人怎么熬呢？"

"别忙嘛，等我们吃过年饭，就给他们送顿好'吃喝'。"另一名战士意味深长地说。

会餐刚完，纵队文工团的一男一女两个团员来到了阵地上，一个背胡琴，一个拿着哒哒板。战士们欢笑着围了上去。不用客套，胡琴一拉，哒哒板一打，夹说夹唱的小节目就开始了。说着，唱着，两位文工团员不由自主地跳了起来。战士们更乐了，年节气氛更热烈了。

期待的时刻终于到来了。下午4点30分，杨维林拳头一挥，连正规的发射口令也没有用，高喊了一声"干！"

随着他的口令声，两颗红色信号弹升上天空。

整个包围圈的上空，如同数百盏红灯组成一道弯弯的长虹，浮现在空中。紧接着，左右前后都发出一阵轰鸣，千百门大炮小炮一齐开口了。成群的炮弹飞向包围圈，阵地上托起朵朵烟云，在一阵火花闪烁之后，传来剧烈的轰响。接着，观察所不断的报告各个编号目标的命中情况。

战壕里的人跳跃欢呼，文工团的同志更是大显身手了，他们以精彩的表演，把欢笑声引向一个新的高潮。

晚上，各排开起新年晚会来。每人拿出发给他的慰问品：一盒香烟，一包花生米，两个煮鸡蛋，围坐在炮阵地上，一边吃，一边谈笑。

纵队"拂晓报社"加印的快报送来了。打开一看，是新华社"新年献词"，套色的报头上标着七个红色大字："将革命进行到底！"按照纵队政治部事先的通知，张虎和杨维林立即拿着快报分头到各排去宣读。

天色渐渐暗下来了，敌人飞机来的稀了，炮手们把敌人空投下来的红色降落伞撑在大炮顶上，成了个美丽的帐篷，帐篷上吊着一个炮兵用的标灯，灯上贴着"庆祝元旦"的剪纸，灯光照着擦得亮晶晶的大炮，非常威武。

在战士们的鼓掌声中，张虎拿出"新年献词"，高声朗读起来：

中国人民将要在伟大的解放战争中获得最后的胜利，这一点，现在甚至我们的敌人也不怀疑了……

张虎、杨维林他们连队的除夕过得既热闹又充实，其他连队也不相上下。

1949 年的第一个早晨，前哨阵地上，平时用来对敌人喊话的麦克风，此时，调转过来，对着自己的战壕，唱起了轻松快乐的新年歌：

新鲜新鲜真新鲜，
地堡战壕过新年，
扭秧歌，唱快板，
咱向同志们拜个年。
…………
新年雪花飞满天，
战壕里面把兵练。
…………
去年到处飞捷报，
今年更要打得好。

歌声过后，开始报告消息：

本团阵地，从昨天晚上到今天天明，共有 90 多名敌人来投降，其中有校官，还有尉官多名。

听着，听着，战士们喜上眉梢，一名解放不久的战士也学说起快板来了：

今年过年真正好，
解放同志来得巧，
我们这里吃猪肉，
敌人里面吃麦苗。

8连代表特意化了妆，戴着特制的小红帽，到7连拜年来了。在8连代表的要求下，从没有说过快板的7连连长，放开胆子说道：

小红帽，红通通，
八角向上朝天空，
祝你们今年立大功！

短是短点，却也合辙押韵，引出一片笑声。
阵地上，到处都是欢声笑语，到处都是乐观的情绪。
这是一个冰封雪盖的季节，也是一个热火朝天的季节，更是一个"盛会难逢"的季节。华野4纵政委郭化若即景生情，写下了这样的词句：

千载义旗初逐胜，
惊天地壮河山，
合围百万笑中看；
中原多激战，
几见此时酣？！

雪浪翻天风似箭，
阵前歌舞腾欢，
游鱼釜底待朝餐。
明春花盛放，
传檄到江南。

①

②

③

④

❶ 我军先头部队涉水渡江的场景。
❷ 我军突破守敌防线向纵深冲击。
❸ 我军在前沿阵地抵御国民党军的进攻。
❹ 我军某部骑兵部队正向前线挺进。

唐　亮
（时任华东野战军政治部主任）

　　部队边打边建，就是边打边组织，边打边补充，搞好基层建设。

　　从政治工作方面来说，除反复进行政治动员，及时宣传胜利消息和战局发展，坚定胜利信心，不断加强思想建设，表扬艰苦奋斗，英勇作战，不怕伤亡，不怕疲劳，连续作战的精神，抓好作风建设之外，还重视了抓干部缺额补充，党组织建设和"随俘随补，随补随战"，从而在伤亡较大的情况下，始终保持充足的兵员，高昂的战斗热情和强有力的持续作战能力。

——摘自：唐亮《强有力的政治工作是夺取胜利的保证》

★★★★★

郭化若

（时任华东野战军第 4 纵队司令员）

……在激烈的战斗中，不少干部带头冲锋，但有的不大注意组织火力掩护和利用地形隐蔽身体。

因此，有些连队干部伤亡的比重甚至大于战士。

为了确实保持作战指挥的连续性，纵队党委下了最大决心，采取在师、团教导队有计划地储备部分基层干部；抽调机关、直属分队的干部充实战斗部队；从功臣模范中选拔干部；及时提升经过实战考验的干部代理人等多种渠道，保证了连队有最低限额的军政干部，使战役全过程自上而下始终保持了坚强有力的，不间断的指挥。

——摘自：郭化若《中原多激战 传檄到江南》

第六章

攻心为上

∧ 1947 年，粟裕（右）与陈赓在一起。

广播、喊话、标语、劝降……一发发攻心弹，利箭般射向敌人胸膛，另一场别开生面的战斗在淮海大地轰轰烈烈地展开，瓦解着、动摇着已经摇摇欲坠的杜聿明集团。四面楚歌中的陈官庄简直成了人间地狱，笼罩在灭亡前的死气之中。

1. 特殊弹药

从12月17日开始，一份题为《敦促杜聿明等投降书》的广播稿通过电波、广播、报纸、口头喊话等方式，迅速在被围困的国民党军官兵中传播，每一个字都像利剑，刺在他们的心头：

杜聿明将军、邱清泉将军、李弥将军和邱李两兵团诸位军长师长团长：

你们现在已经到了山穷水尽的地步。黄维兵团已在15日晚全军覆没，李延年兵团已掉头南逃，你们想和他们靠拢是没有希望了。你们想突围吗？四面八方都是解放军，怎么突得出去呢？你们这几天试着突围，有什么结果呢？你们的飞机坦克也没有用。我们的飞机坦克比你们多，这就是大炮和炸药，人们叫这些做土飞机、土坦克，难道不是比较你们的洋飞机、洋坦克要厉害十倍吗？你们的孙元良兵团已经完了，剩下你们两个兵团，也已伤俘过半。你们虽然把徐州带来的许多机关闲杂人员和青年学生，强迫编入部队，这些人怎么能打仗呢？十几天来，在我们的层层包围和重重打击之下，你们的阵地大大缩小了。你们只有那么一点地方，横直不过十几华里，这样多人挤在一起，我们一颗炮弹，就能打死你们一堆人。你们的伤兵和随军家属，跟着你们叫苦连天。你们的兵士和很多干部，大家很不想打了。你们当副总司令的，当兵团司令的，当军长师长团长的，应当体惜你们的部下和家属的心情，爱惜他们的生命，早一点替他们找一条生路，别再叫他们作无谓的牺牲了。

现在黄维兵团已经被全部消灭，李延年兵团向蚌埠逃跑，我们可以集中几倍于你们的兵力来打你们。

我们这次作战才40天，你们方面已经丧失了黄百韬10个师，黄维11个师，孙元良4个师，冯治安4个师，孙良诚2个师，刘汝明1个师，宿县1个师，灵璧1个

师，你们总共丧失了34个整师。其中除何基沣、张克侠3个半师起义，廖运周1个师起义，孙良诚率1个师投诚，赵璧光、黄子华各率半个师投诚外，其余二十七个半师，都被本军全部歼灭了。黄百韬兵团、黄维兵团和孙元良兵团的下场，你们已经亲眼看到了。你们应该学习长春郑洞国将军的榜样，学习这次孙良诚军长、赵璧光师长、黄子华师长的榜样，立即下令全军放下武器，停止抵抗，本军可以保证你们高级将领和全体官兵的生命安全。只有这样，才是你们惟一的出路。你们想一想吧！如果你们觉得这样好，就这样办。如果你们还想打一下，那就再打一下，总归你们是要被解决的。

中原人民解放军司令部

华东人民解放军司令部

在此之前，已经有两封劝降信传得沸沸扬扬了。

一封是华东和中原野战军联名写给杜聿明及其手下官兵的，信中说：

解放军已经把你们包围得向铁桶一样，你们再也逃不脱了。蒋介石叫你们突围逃跑，实际是要你们送死。现在你们的处境真是危险万分，比起当时的黄百韬来还要更加孤立无援，你们真同掉在大海里一样，已经完全没有希望了。现在围歼你们的一切布置都已经完成，你们再不要梦想逃走和挣扎了。你们不要替蒋介石一个人做无谓的牺牲，立即停止抵抗，放下武器，有秩序地投降，从杜聿明、邱清泉、李弥、孙元良起，不论官兵，将一律保证生命的安全。

另一封是华东野战军司令员陈毅、代司令员粟裕、副政治委员谭震林联名写给自己和邱清泉、李弥等将领的：

< 率部起义的国民党军第110师师长廖运周。

国民党第110师师长廖运周 ———————————————— ▲ —

安徽淮南人。黄埔军校第五期毕业。土地革命战争时期，任国民革命军第25师75团参谋、连长，后受党派遣做兵运工作，任抗日同盟军第2师9团团长，国民党军独立第46旅738团团长等职。抗日战争时期，任国民党军110师656团团长，330旅旅长，110师副师长、师长。解放战争时期，在淮海战役中率部起义，编入中国人民解放军，任第二野战军14军42师师长。

贵军现已粮弹两缺，内部混乱，四面受围，身临绝境。希望增援乎？则黄维兵团已被歼大半，即将全军覆没，李延年、刘汝明兵团，已被我追逐于蚌埠以南，南京方面，正忙于搬家，朝不保夕。希望突围乎？则我军早已布下天罗地网，连日事实证明无望。继续抵抗乎？则不过徒作无益牺牲，必然与黄百韬遭受同一命运。当此千钧一发之际，本军特提出如下忠告：希望你们立即命令部下，停止抵抗，切实保护武器弹药资财，实行有组织的缴械投降。只要能如此做，我军当可保证汝等及全体官兵的生命安全；国民党反动派大势已去，贵军覆没命运亦已铸定，汝等又何必为蒋介石一人效忠，与人民为敌到底。

我军此次如此声势浩大的政治攻势，是由西柏坡一手导演的。

在确定对杜聿明集团采取"围而不歼"的战术，指示华野进行战场休整的同时，毛泽东就指示淮海战役总前委：

向杜、邱、李连续不断地进行政治攻势，除部队所做者外，请你们起草口语广播稿，每三五天一次，依据战场具体情况变更内容，电告我们修改播发。"

在准备发起最后总攻之前的 12 月 28 日，毛泽东指示粟裕等：

现在杜聿明部所处情况，比较郑洞国在长春的情况还要坏得多，饥寒交迫，大批投降，正在日趋瓦解。如果敌方内部瓦解的过程有加速扩大的趋势，也许在 10 天或 20 天之后出现长春那样的结果。你们现在应用极大力量，加强政治攻势。用各种名义（你们及各纵各师及敌方来降的官长）写信给敌方各级官长，并将这些信公开地散播，当作一个群众运动，公开地进行这一工作。在你们面前摆着三种可能性：

（一）强攻解决敌人；

（二）半瓦解半强攻解决敌人；

（三）敌人由瓦解发展到集体投降，你们密切注视敌方动态并随时告诉我们。

> 淮海前线的指战员们在作战间隙阅读报纸。

于是，在淮海战场，展开了另一种形式的战斗，形成了战争史的又一奇观。

2. 别样战场

具体组织政治攻势的任务落到了华野政治部主任唐亮的身上。

怎么样才能取得良好的效果呢？唐亮制定了几条原则：一是声势要大，二是办法要多，三是要形成群众性。他指示"秀才"们："不仅要提要求，而且要教方法，不能喊空口号"。

12月17日，《关于开展政治攻势，争取大量瓦解敌人》的指示发出了。

12月26日，华野政治部发出了《关于抓紧时机，大力开展政治攻势的指示》：

各兵团、各纵、师政并报军委、军区政、总前委：

抓紧时机，大力开展政治攻势，瓦解当面围困之敌。

（甲）当面敌人被我围歼20余日，粮草断绝，伤亡惨重，已完全处于恐慌混乱与动摇状态中。根据向我投诚者供述，目前敌内部情况：

（一）没有饭吃，团长以上尚有空投的大米，连以下则谁找到谁吃，找不到没吃。现已吃到山芋藤子、榆树叶及麦苗。

（二）没有房子住，屋顶不是被炮打掉，便是拆作地堡，现在又改作柴烧了，铺草也烧了，两日雨雪天寒，地堡、工事均有坍塌。

（三）伤兵遭受虐待，因露宿每晚冻死很多。为此，有的哭叫而被枪杀、活埋。

﹤ 唐亮，1955年被授予上将军衔。

唐 亮 ————————————————————————————— ▲—

湖南浏阳人。土地革命战争时期，任红三军团第2师政治部组织科科长，第4师10团政治委员，第2师政治部主任等职。抗日战争时期，任八路军115师教导大队政治委员，冀鲁豫军区政治部主任，山东滨海军区政治委员等职。解放战争时期，任山东野战军政治部主任，华东野战军政治部主任兼第3兵团政治委员，第三野战军政治部主任等职。

（四）飞机接济是有重点的投掷，邱、李各军机场相争，矛盾日增。敌为争夺空投粮食，而互相枪杀。

（五）黄维被歼，李、刘逃窜，杜、邱、李突围无望，连以下皆无斗志，大部了解我宽大政策，对缴械投降无顾虑，只害怕反动官长与督战队镇压。团以上仍图顽抗，规定连长亲掌重机枪，排长亲掌轻机枪，各地堡活力互相监视封锁，并宣布向我方笑一笑者，即犯杀头刑。5军、70军、74军都较严，8军、9军较松，而一般是上严下松。

（六）敌仍作各种欺骗，如只要突围出去升两级，并重奖，援兵三五天可到，并声称向东南突围，大家戴防毒面具，跟在坦克后冲（警惕敌施放毒气，掩护突围）。

（七）敌机关人员、学生等补充当兵，遭受打骂，管理甚苛。

（乙）面对各行将崩溃瓦解之敌，我各部开展火线政治攻势，已获得不少成绩。敌人的逃跑投降，已由个别到整班、整排、整连、整营，由士兵到中下级军官，由北方兵到南方兵。计本月16日到24日数天中，我已收容降敌逃兵2,516名（2纵304名，1纵729名，4纵400名，10纵91名，11纵211名，8纵62名，鲁中南纵10名，渤纵234名，冀独旅104名，9纵338名，12纵33名），包括杜集团所属各部（5军、70军、72军、12军、74军、8军、9军、新59军、16兵团残部）均有。其中少尉以上军官16名，并携来大批轻重武器。近几天来，1纵大力开展政治攻势，来降很多。4团一天即争取瓦敌四五十名。上述成绩是由于各纵领导认真重视，和下面艰苦工作的结果。

（丙）按照目前情况，围歼圈内敌人更加抓紧，而处于绝境，一切条件更加有利于我开展政治攻势，争取大量瓦解敌人。因此各部在短休中，应即更进一步开展对敌政治攻势（尤其第一线部队）把它作为主要中心工作之一。这样不仅造成敌人更大批的逃跑、投诚，削弱其有生力量，且更深入普遍瓦解敌军士气，便于尔后顺利歼灭意义更大。

（丁）为了更好地开展这一政治攻势，现将各部已有的经验简明介绍如下：

一、几点基本经验：

（一）在我强大军事压力及敌极端劣势情况下，对政治瓦解必须具有充分的信心和耐心，一定可以收到成效。对任何敌人在歼灭的情况下，都可以抓住时机，大胆采用各种方法，进行政治活动（如

1纵派去副官进入敌营，争取70人向我投诚）。但因为在敌法西斯集团严厉监督之下，广大国民党士兵和下级军官颇有顾虑，因此不可急躁（某部喊话不应，就厌烦起来，某部打一个宣传弹无反应，就实弹射击起来，都是不对的），必须十分耐心，求得时机成熟。目前争取大批敌人投降不可能，则普遍大股瓦解也好。

（二）随时掌握对面敌人情况（如甲项所述各点），针对敌人心理，进行政治攻势，作用才大。

（三）要有组织有领导的反动群众性的政治攻势，即发挥新老同志、南北同志的主动性、创造性，又能掌握政策原则和活动作战（22师沙墩战斗，各部都写劝降信，提出时间、条件均不一致，结果无效）。

（四）言行一致，宣传的就要做到（如强调缴枪回家是不对的），正确执行俘虏政策。

（五）实施的内容，应着重在：

（1）说明敌人所处绝境，死路与生路。

（2）解放军强大攻势，断不可挡，白白送死不值得。

（3）不要受欺骗，不要替蒋介石四大家族卖命。

（4）我们是什么军队。

（5）我军政策（宽大优待——主要指出保证私人生命财产安全，不受侮辱——与惩处战犯）。

二．主要具体方法：

（一）火线对敌喊话。

（1）尽可能先查明敌人番号、成分、内部情况等，从而具体确定对敌官兵喊话内容。

（2）干部亲自带头，并适当组织教育骨干，同乡新俘虏（俘官亦好），进行喊话，解放成分现身喊话，起作用很大。

（3）注意选择喊话时机，尽可能避免敌军官监督部队。

（4）为使敌方听清楚，可利用喇叭筒和分散各处喊，或接敌构筑工事喊，语句要慢要清楚。

（5）个别单位对敌唱歌，架通电话，亦可适当采用。

（二）散发宣传品。

（1）种类不可过多，要有中心，纵队对当面敌人的具体宣传品，统一印制。

（2）可采用小部队插入敌阵散发，布置于敌通过之道路，俘虏转送，放风筝散发，送饭送馒头（不要多送），如过去宣传弹射发（4纵每天自制六〇炮，攻心弹三五十发）等。

（三）以俘劝降。

（1）利用俘虏敌官兵家属经过简短教育放回，口头劝降或传送劝降书，68团利用俘虏面貌，一夜瓦敌100多人。

（2）注意不泄秘密。

（3）规定联络办法，保障俘虏安全。

（4）布置大幅标语，敌前用旧旗、门板、席子贴上大字，对敌口号或宣传画，亦可活动调换。

上自华野首长，下到各师团领导，纷纷亲自动笔，写劝降书、劝降信。宣传、敌工部

∨ 我军在前沿阵地展开政治攻势向被包围的敌人喊话。

门加班拟写宣传口号、喊话材料。广播、喊话、传单，直至亲自派人送去。这些句句在理的书信、简短有力的口号，像一发发炮弹，射向敌阵。

一线团队，一个个政治攻势指挥所成立了，研究敌情，具体组织开展政治攻势，直接掌握情况，及时上报；一个个投诚人员招待所建立起来了，负责收容投诚人员，照顾其生活，调查了解情况，争取和训练投诚士兵。在基层连队，一个个政治攻势小组成立了，由副指导员负责，选择文化较高的战士或解放战士参加，进行喊话和其他攻心活动。

《华东人民解放军对自动携械来归者奖励标准》公布了，规定了对自动携械来降者的安排和处理办法和所携带的各种枪械的具体奖励金额。

八仙过海，各显神通。零落的枪炮声中，另一样的战术成为战场的主角，大显身手：

阵前喊话。宣传我军胜利的形势和优待俘虏的政策，交代投诚办法和路线，劝说国民党军官兵弃暗投明。发动投诚人员进行现身说法，往往能起到意想不到的效果。开饭时，战士们敲着碗、盆对几十米外的敌方阵地喊话："喂！吃饭了，过来吧，解放军给你们饭吃！""蒋军弟兄们，要活命，赶快过来！"到了夜里，战士们又喊："国民党军兄弟们！你们冷吗？你们饿吧？你们受冻挨饿为的什么呀？快过来吧！"

送信劝降。派遣投诚人员，携带我军首长或高级战俘的劝降信，返回敌阵劝降。

施放宣传品。用六〇炮、弓箭等将传单、"招待证"、"通行证"等射向敌人阵地。

设立标语牌。在阵地前沿用白布或草席设立大幅标语、宣传牌，书写标语口号。醒目的大字老远都能看得清清楚楚："顽抗，死路一条；投诚，光明大道。"在敌我交叉路口的空隙地方，标语牌上写着："此地是生路。""解放军欢迎蒋军弟兄。"

夜送礼物。将装有食品、香烟的"救命袋"、"新年礼品"，趁夜暗送向敌方阵地。

阵前演出。风雪之夜，文工团演奏起了《白毛女》、《孟姜女》等悲曲。

敌人96师代理团长李振龙在日记中这样写道：

"对面2纵的政治攻势真是无孔不入，上面做到杜司令官，下面做到每个士兵。给营以下军官都有一封信。""连他们的姓名、家世都很清楚，这样单刀直入的战法的确令人害怕。"

无法——再现投诚者投诚的具体时间和方式了，据统计，从12月16日开始的20天中，投降人数达到1.4万多人，平均每天700多人。

杜聿明后来说：解放军的"政治攻势，广播、喊话、送信、架电话、送饭吃等等，也起到了瓦解蒋军士气的作用。经常有整排整连的官兵投降解放军，弄得蒋军内部上下狐疑，惶恐不安。"

刘峙也说：解放军的政治攻势"其在作战上之利益，等于无形中增加了十万兵力。"

3. 四面楚歌中的陈官庄

杜聿明心绪不宁地在屋子里转来转去，他的胃疼得更厉害了，虽然有罐头之类的食品，毕竟是野战条件下，他这个"剿总"副总司令也只能忍耐忍耐了。可是，他的胃溃疡、他的腰腿结核、他的神经痛、他的风湿病并不会忍耐，它们几乎是一齐向他袭来。他的脸色更黄了，没有一点血色，过去修整的八字胡也乱七八糟的，懒得好好修理了。

守，守不住，突，突不出去。落到这个地步的杜聿明，内心深处对蒋介石产生了极大的怨恨。他对蒋介石的做法是有保留甚至抵触的，以致到了公开违抗的地步。当黄维兵团被歼后，蒋介石命令他"向外扩展，设法脱离包围"。杜聿明深知，黄维兵团被歼灭后，解放军必然要全力解决他的余部，这时候让他突围，等于自我毁灭，所以他并没有马上执行蒋介石的命令，而是加强工事，持久固守，以待形势的发展。现在看来，形势不是他的期待的好起来，而是一天一天坏下去了。

电话铃响了，是李弥打来的："陈毅派人带着一封信，是从第一线摸进来的，来人是被共军俘虏过去的第13兵团的一个军官。"

杜聿明问："他说什么了？"

"他有点吓晕了，什么也说不出来。"

杜聿明心里想，多半是劝降的事情，李弥不便在电话里说，便对李弥说："你看着处理吧。"

"还是你亲自问问吧，也许会说的。"杜聿明同意了。

杜聿明从来人手中拿过陈毅的信，看了又看。尽管心里很抵触，他也不得不承认陈毅的态度客气，有道理。他想试探试探邱清泉的态度。

邱清泉正和人围着火盆喝酒聊天。

∧ 被包围的国民党军士兵靠杀骡马充饥。

　　杜聿明说："陈毅有一封信，你看看。"

　　邱清泉接过去，只看了一半，便将信撕成碎片，投到火盆里烧掉了。

　　邱清泉的神态、动作，杜聿明看得很清楚。他马上想起了前几天的一件事，那天，邱清泉跑到杜聿明那里，若无其事地对他说："陈毅给你送来一封信，我已经把它烧了。"杜聿明问："信中都说了些什么？"邱清泉说："共军还不是那一套！劝降嘛，谁降他们呢？"

　　看着一向骄横跋扈、目空一切的邱清泉继续喝他的酒，杜聿明心乱如麻。眼前这个"邱疯子"，可是蒋介石的红人，历来都是蒋介石派来牵制自己的人，过去两人就矛盾重重，冲突不断；这次被围困后，还不坏，大事小情都请示，还像个上下级的样子，但是，毕竟人心隔肚皮呢。投降这样的大事，邱清泉不同意，是万万做不成的。弄得不好，事情不成，脑袋先就掉了，还落得个叛蒋的罪名，太不值得了。想到这里，杜聿明索性不再想了。

　　最让杜聿明头疼又无法解决的问题是，粮弹两缺，束手无策。起初，蒋介石幻想在两三天内就可以和黄维兵团会师了，因此拒绝投送粮食弹药。后来发现战役不是他想像的那么容易，才于12月6日开始空投。可是，杯水车薪，难以解决问题。最初的几天，还能往外突一突，部队到一个村子就抢一个村子，抢粮食，宰牛马，杀鸡杀狗充

∧ 国民党飞机许多空投补给品落到了解放军阵地上。

饥。到了 19 日以后，风雪交加，空投被迫停止。20 多万人要吃饭呢。先是挖掘老百姓埋藏的粮食、酒糟；粮食、酒糟都挖干净了，只好宰杀军马，最后，连野草、树皮、麦苗、骡马皮都统统吃光了。杜聿明可能不知道，他的部队还有吃人肉的！

总算盼到了晴朗的好天气，开始空投粮食。也难。飞机怕解放军的炮火打落，只得飞得高高的。投下来的粮食到处飘落，各部队的官兵就像饿狼一样，追着投下来的粮食到处奔跑，有的跟着空投下来的降落伞一直跑到解放军的阵地前，还全然不知，不顾死活地抢着吃大饼、生米；为了能抢到粮食，不惜大打出手，有的甚至开枪。有时候，为了抢粮，阵地也没有人管了，指挥部也无法维持。

空投的本来就少，飘落到解放军阵地不少，又被抢走一大部分，空投场收集起来的粮食就少得可怜啦。分到各部队，一天连一顿饱饭都吃不上。

本来就狼多肉少，还有个分配问题。第 13 兵团没有散粮可抢，弄得怨声沸腾，骂

国民党第74军

　　国民党军五大主力之一，曾被国民党军事委员会授予"抗日铁军"的称号。74军成立于抗战爆发前夕，有第51师和第58师两个师番号，首任军长俞济时。抗战期间，74军几乎参加了正面战场的所有重大战役，战功卓著，被侵华日军称为"虎部队"。抗日战争胜利后，第74军被改编为整编第74师，作为主力被投入内战战场。1947年5月，这支国民党王牌部队在山东孟良崮地区被人民解放军全歼。

国民党第74军军长邱维达

　　湖南平江人，国民党陆军中将。黄埔军校第四期毕业。曾任国民党军第1军连长、营长，第74军51师306团团长等职。抗日战争期间，因战功升任国民党第74军57师副师长，后任第24集团军参谋长、第四方面军参谋长。抗战胜利后，升任第74军51师师长。1947年孟良崮战役后，被任命为重建后的74军军长。淮海战役中，被人民解放军俘获。

国民党徐州"剿总"前进指挥部副参谋长文强

　　湖南望城人。国民党陆军中将。黄埔军校第四期毕业。早年加入中国共产党，在四川地区从事兵运工作并参与创建巴山革命根据地。后叛徒出卖在重庆被捕。出狱后与党组织失去了联系。1935年，加入国民党军统特务组织。抗战期间，在国民党军统系统内从事对日情报工作。抗战胜利后，脱离军统出任长沙"绥靖"公署第一处处长。1948年9月，任国民党军徐州"剿总"前进指挥所副参谋长。1949年在淮海战役中被俘。

他杜聿明对第2兵团有私心。杜聿明有口难辨。不巧的是，杜聿明指挥部和邱清泉第2兵团的对空电台都坏了，只好由第2兵团第74军电台指挥。这一来，矛盾又来了，都说电台指挥不公道，都将粮食投到74军驻地了。杜聿明无法，命令两个兵团整饬纪律，并发电报给空军，请以后向两兵团分别投送，同时命令第74军的电台移到空投场指挥，74军军长邱维达拒不执行命令，矛盾根本无法解决。按下葫芦漂起瓢，两个兵团分别投送，邱清泉那边算是平息了，李弥这边却被抢光了，李弥两手空空，没有粮食给一线部队分配，邱清泉还算仗义，拨了几百包接济。李弥一看，还是不行，坚决要求仍由指挥部统一接收分配，并派一个副司令在空投场监督分配。面对饿红了眼睛也急红了眼睛的部下，他杜聿明又能做什么呢？现实是，不管分配是否合理，粮食根本就填不饱肚子。

　　当时任徐州"剿总"前进指挥部的中将副参谋长的文强后来回忆道：

当时在雨雪交加之中，飞机最多一天出动120架次，国民党军的运输机，和"中国"、"中央"两公司的民航机，几乎全部出动了。由于包围圈小，空投的风向关系，以及雨雪交加，损耗非常之大。只就投粮一项来说，当时在陈官庄包围圈中约有官兵30万人，就空投一日的最大量来计算，也只够10万人一日所需，仍有20万人没有吃的。如果平均分给30万人来吃，就只够每天每人吃一顿。

对于这样的局面，杜聿明除了无能为力外，只能自我安慰地说："我们有现代化的空投补给，在雨雪交加下还这么困难，共产党军队一定比我们还要困难得多。"

不知道杜聿明看过鲁迅先生的《阿Q正传》没有，阿Q精神倒是学得十分地道。

狭小的框子，日复一日的炮火威逼、政治攻势，20多万国民党军处于四面楚歌之中，既无果腹之食，又无御寒之衣，矛盾加剧，心理扭曲，小小的包围圈，简直成了人间地狱。

只有高级军官能够吃得饱外，其余的人，就全凭自己的造化了。

杜聿明假装镇静，成天在掩蔽部中打桥牌。

邱清泉两眼通红，像条疯狗，逢人就骂，就连平日的亲信和幕僚，也惟恐避之而不及。军心不稳，投降成风。反正饿死也是死，投降不成被枪毙也是个死，还不如冒死投降，至少能吃上一口饱饭。

看着李弥兵团起义投降的增多，邱清泉自感会波及自己兵团，操起电话，大骂李弥"作战不力，统御无方，简直不配黄埔学生的招牌。

李弥也不甘示弱，反唇相讥："杜老总尚且没有申斥过我，你有什么资格敢来大打官腔。"

于是，从骂开始，到不见面，有如仇人。

杜聿明佯装不知，懒得管，就是知道了，能管吗？

在这样的情况下，很容易回到弱肉强食的动物状态。高级军官还要随军剧团演唱《贵妃醉酒》、《白蛇传》之类的京剧助兴取乐。这其中最冤枉的是从郑州来的京戏班子。原来，黄百韬兵团在碾庄圩被围时，刘峙制造了所谓的"徐州大捷"的消息，大事渲染，下令各城游行庆祝，强迫组织慰问团去慰问。这个郑州的京戏班子一到徐州，正赶上杜聿明弃城逃跑，他们便莫名其妙地被拖到了陈官庄。演员们为了换口饭吃，只得强颜欢笑，五颜六色的戏装索性不离身了。

最可怜的是被从徐州裹挟来的女学生和其他妇女，便被迫当上了"临时太太"。在空投场周围田地上挖了一个个洞穴，上面将降落伞张开，远远望去，好像一朵朵新鲜的大蘑菇长在冰天雪地之中，里面便是军官和他们的"临时太太"、准备化妆逃跑的假夫妻的淫乐场所。

在这里，几乎一切的日用品，手表、戒指、手枪、银元、衣服、等等，都可以交换，俨然闹市。有权有势的军官们便用贪污、巧取来的粮食、大饼、罐头之类的空投物资，来换取贵重物品，价格就随他信口开河了。除了粮食，燃料奇缺，老百姓的祖坟里的棺材也都掏挖一空，房子几乎拆光了。于是，只要是能燃烧的东西，都成了贵重物品的交换品。

伤兵越来越多，健康人尚且无食无衣，他们的处境就可想而知了。

文强视察医院后，请示杜聿明处置办法。

杜聿明回答："不病不伤的都顾不了死活，还谈得上他们！只有责令后勤负医务责任的自行想办法解决。"

40天被围困之日，对于杜聿明他们来说，真是度日如年那。

4. 攻心小记

让我们回过头来，通过一些具体的事例，看看国民党军是如何在我军的强大政治攻势面前逐步瓦解的吧。

某部干事冷绍志的记载颇为生动：

我们的前沿阵地，跟敌人相距不过几十公尺。这就便利我们利用各种方式，对他们喊话，宣传我军政策，劝他们弃暗投明。开始，敌人静悄悄的，好像在听；不久就一阵骚动，步枪、机枪一齐打了过来，把一个同志手里的喇叭筒也打了个窟窿。这个同志火啦，把喇叭筒一丢，向我说：

"冷干事，不给这些家伙磨嘴皮了！干脆让他们在刺刀下求饶！这枪又不是吃素的！"

纵队敌工部长来了。他指示我们："不能心急，这是一种政治斗争，就不会那么轻便。攻心为上嘛，这是兵书上的老经验了。我们要耐心坚持下去，学会把政治攻势和军事压力适当结合起来。"我们按照部长的指示，第二天向敌人喊话时，把全连的机关枪、六〇炮都架了起来。首先向敌人发出警告："你们要老实点，不准打枪，要动武，我们也决不客气！"话音刚落，敌人又乒乒乓乓地打起来了。我们立刻还击。一眨眼工夫，敌人阵地上尘土飞扬，机枪哑了。我们乘机再喊："蒋军兄弟们，以后不要乱打枪了。你们的枪，是美帝国主义和蒋介石的；老命可是自己的啊！"接着就把我军的宽大政策讲了一遍又一遍，劝他们投降过来。白天不方便，晚上来，轻轻拍拍手，我们就明白了。政治与军事结合这法子真灵验。这次喊话，对方再没敢打枪了。

晚上，天墨黑墨黑，我们伏在交通壕前沿，正要向敌人喊话，隐约地听见有拍手声。怎么？真有投降的来了。我也轻轻地回拍了三下，对方又拍了三下……奇怪，光听见拍手声，却一点也看不到人影行动。我想：会不会是敌人利用这个暗号来偷袭我们？我把手枪掏出来，上了顶门火，又关上保险，叫战士们也做好准备，以防万一。

捷克式步枪

又名7.92mmVZ24式步枪，由捷克斯洛伐克布尔诺武器公司制造，曾是捷克、罗马尼亚、南斯拉夫等国的制式步枪。当时，因为德国受到凡尔赛合约的限制，不能再大张旗鼓的制造、销售军火，于是纷纷在国外设立分厂，专门制造毛瑟98型步枪的捷克布鲁诺厂便是其中之一，其代号为dot。1937年，国民党政府向捷克订购了10万支VZ 24。该批步枪的枪匣上都印有1937，所有的序号以P起头。

很快，一个黑影出现在眼前。我低声嘱咐身边的同志，千万不要打枪，等把情况弄明白了再说。那黑影一边拍手，一边向我们交通沟爬来。快到沟沿时，我们好几只手伸出去，把他拉进了交通沟。

这人右手提着一支捷克式步枪，左手拖着一袋子手榴弹，浑身哆嗦，"长官、长官"的连连呼喊不绝，却说不成一句话。我们向他解释，叫他不要害怕，再把他引进地堡。在烛光下，才看清他是一个30余岁的中年士兵，穿着一身破烂的棉军装，手背裂得像松树皮，满脸黑灰，豆粒般的汗珠，一颗一颗往下掉。半天，他才气喘吁吁地说了一句："老天保佑，可算过来了！"他歇歇气，喝了杯开水，告诉我们，他是特务连3班的兵，全听见了我们喊的话，句句都说到他心坎上。趁当官的不在地堡里，他壮起胆，装着出来小便，就赶忙爬过来了。他又要了杯水喝，接下去说："我们已经三天没吃饱饭了，弟兄们都想过来，心里有些害怕。你们喊话，都想听，可是当官的不让听，连长说谁插住耳朵，谁听枪毙谁，还逼着弟兄们打枪。今天，你们打了一阵子炮，把连长吓跑了……"接着又向我们要水喝。我看他实在饿坏了，便叫人到饭挑子上拿来些包子给他吃。三四十个包子，他一口一个，很快吃得一干二净。我们对他进行了一些教育，安慰了一番，找个地方叫他睡睡觉，准备明天叫他也去喊话。

第二天，火力布置好后，我就带着那个蒋军士兵到了前沿。我刚喊出了第一句，只听得对方交通沟里七嘴八舌的嚷嚷："打，打！"我立即挥过话筒，向后面喊了声"预备——放！"没等敌人打出两枪，我们的排子炮弹又盖过去了，打得敌人叽里哇啦乱叫。我紧接着喊起来："你们已经三天没吃饭啦，不要再为蒋介石挨饿受冻了，快过来吧！……"

对方竟答上了腔："谁说没吃饭，我们吃的鸡蛋糕！"声音皮皮啦啦，像破竹竿似的。接着他还向我们大骂。

我问身旁的蒋军士兵："你听这是谁的声音？"他悄悄地告诉我说："这就是连长，他姓纪。"

我趁机会喊："哦！姓纪的啊，我们知道，你是特务连的连长，没吃饭就没吃饭嘛，何必说吃蛋糕！光吹牛可吹不饱肚子。"

"你胡说。胡说。"那家伙像被锥子刺了似的拼命地喊着，"我不姓纪，我不是连长！"

我又向他猛攻："别撒谎了，我早就知道你是特务连的纪连长。告诉你，对士兵别太凶了，不然，将来抓住你，有你的好看的！"把他好好教训了一顿，气得这家伙直叫："打，打！……"

稀稀拉拉响了几枪，又听不见动静了。于是，我就叫那个蒋军士兵把昨晚怎样过来，又怎样受到我们的宽待都讲一遍。只听见那个特务连连长大骂："妈的，都给我滚回地堡去！滚……"不用说，这是骂那些静心听我们喊话的士兵。我心想：狗东西，你越骂，士兵越恨你，你总不能把士兵的耳朵一个个堵住！

当晚又投降过来三个，其中一个也是特务连3班的。第三天，一下过来十几个，又有几个是3班的。以后，差不多天天都有过来的，天天也都有3班的，先先后后，投诚过来的人，报名自己是特务连3班的就有二十多个。奇怪，这个3班是个什么班！从来没听说一个班二十几个人。我把头一个自称特务连3班的士兵叫来，问他认不认识那十几个人。他摇摇头说："不认识！"我问其中的一个："你们都是一个班的，为什么不认识？"那人回答："我补充到

3班才两天哩，他怎么会认得！"这才弄明白：原来的3班，几天就差不多跑光了，敌人把班补齐，过不两天又快跑光了，敌人又补，一连补了三次。最后从班长到士兵，跑得一个不剩。这个在邱清泉管辖下被认为可靠的特务连，竟在十天之内，被我们喊过来62名，差不多占了这个连总人数2/3。

年关临近的时候，上级又组织了一次声势特别浩大的政治攻势，几乎前沿部队所有人员都参加了。有向敌人喊话和广播的，有为敌人唱戏和唱歌的，有利用俘虏给敌人送馒头食物的，有用风筝或宣传弹送宣传品和"贺年片"的，有插标语牌、贴漫画的……天上地下，白天黑夜，应有尽有。为了进一步动摇敌人的军心，让他们过个"热闹年"，过年的时候，我军第一线的迫击炮以上的火炮，同时对敌人军以上指挥所和前沿工事

进行了连续轰击。约一个多小时的炮击之后，我们的部队就在装饰一新的"阵地之家"里愉快地会餐过节了。在此前后，每天至少有300多敌人跑过来投降。开始是单个的，成班成排的，接着是成连成营的，以后，连副团长、情报科长之类的人物也带着部队投过来。事后知道，杜聿明集团从被包围以后到我军总攻之前，投降过来的即达一万多人。一个被俘的蒋军高级将领说："共军的政治攻势，真是比张良的楚歌还厉害，弄得我们内部上下狐疑，惶恐不安，士无斗志，一击即垮。在各个战线上，士兵和下级军官，只要避开了指挥员和政治工作人员，就纷纷携械投降了……"

军心已经从根本上动摇了，处于风雨飘摇的杜聿明集团，哪有不败的道理？

∨ 我军向敌占阵地发起冲击。

❶隐蔽在林中待命的我军部队。

★ ②
★ ③
★ ④
★ ⑤

❷ 我军某部向敌阵地发起冲锋。
❸ 我军涉水过江，向前线进军。
❹ 解放军向敌阵地发起冲锋。
❺ 我军某部正在阵地上勇猛打击敌人。

张 震

（时任华东野战军副参谋长）

自12月16日以后的20天中，天气骤变，雨雪交加，敌军粮弹两缺，饥寒交迫，不得已宰杀军马，连树皮、马皮都吃光了，士兵饿死冻毙者日众。

蒋介石派飞机空投粮弹，最多时每天120架次，但仍杯水车薪，无济于事。各部争抢空投的大米、大饼，架起机枪互相残杀。

飞行员在我对空火力射击下不敢低飞，不少空投物品飘落于我军阵地。

在包围圈内，还出现了以手表、戒指、银元、手枪等换取柴米、大饼、罐头的奇特市场。我军展开政治攻势，进行火线喊话、写信、送食品、散发传单，瓦解敌军。

20天内，敌副师长以下1.4万人携械向我投诚。

经过了诉阶级压迫苦，广大新解放士兵懂得了人民解放军是为人民利益而战，立即摘掉帽徽，调转枪口，参加我军作战。

——摘自：张震《华东野战军在淮海战役中的作战行动》

程藩斌

（时任国民党联合勤务总司令部运输署空运勤务司副司长）

蒋介石派了一架小飞机，想把杜聿明接出去，而杜却派他的参谋长舒适存飞京面报战况并催投补给……

舒说："陈官庄的骑兵变成了步兵了，马早吃光了。

陈官庄能烧的都烧光了，木桥和棺材也光了，大米猪肉无法煮熟，需要的是大饼和罐头，希望投大饼时用投物伞，免得碰到地面都成了碎末。

陈官庄大小两个投物场，投下物品，部队、家属都抢，有被物品压死的，有的在争夺物品时相互对打的，有开冷枪射击的。

每天这样伤亡的就有好些人，禁也无法禁。

李弥、邱清泉两司令官为此有意见，对粮食分配也常发生争吵，杜聿明成了他们的传话机了。"

——摘自：程藩斌《陈官庄地区空投记》

第七章

总攻陈官庄

∧ 时任华野参谋长的陈士榘（左）与陈赓在一起。

炮火震撼着冻土，火网撕裂了长空。

1949年1月6日，华东野战军发起对盘踞在陈官庄的杜聿明集团的总攻，3个突击集团连续爆破，连续突击，勇猛穿插，迅速突入敌人纵深阵地。敌人感到末日来临，仓皇逃窜，面对我军势如破竹的攻击和追击，残敌纷纷投降，负隅顽抗者，即被歼灭。经过连续4昼夜的攻击，杜聿明集团残存的17万多人全部、干净、彻底地被我军歼灭。杜聿明等被俘，邱清泉被击毙，李弥侥幸逃脱。历时66天的淮海战役胜利结束。

1. 总布局：总攻命令

华东野战军指挥部，粟裕、陈士榘、张震等站在巨大的地图面前，开始了又一轮谋划。

粟裕手指地图，兴奋地说："军委通报了最近全国战场的发展态势，在北线的平津战场，东北野战军与华北军区第2、第3兵团，完全切断了傅作义集团陆地和海上的退路，已经顺利地进入了战役的第二阶段作战。这样一来，我们这里用缓攻杜聿明集团的方法以配合北线我军抑留傅作义集团于华北就地歼灭的战略目的已经达到，部队在休整期间，已经做好了一切攻击准备，可以说是士气高昂，兵强马壮了……"

"杜聿明集团余部则因为连日雨雪交加，空投困难，一天连一顿饱饭都吃不上，体力已经大大减弱了，据报告，仅饿死的就有500多人。我军强大的政治攻势，不仅使1万多名官兵携械投降，更重要的是军心更加动摇恐慌，内部矛盾重重，士气愈来愈低了。"陈士榘接过话头说。

"这就是说，全歼杜聿明集团的时机已经成熟。"张震说。

"对头！完全成熟了！"粟裕挥挥手说。

"是不是应该马上报告中央军委和毛主席，建议华野乘敌人还未能得到充足的粮食弹药补给，且疲惫动摇恐慌之际，发起总攻？"陈士榘说。

"是的，是的！按我们的部署，首先解决李弥兵团，并乘势扩张战果，攻歼邱清泉兵团，以获取淮海战役的全胜。要把我们总攻的决心和部署一并向中央报告！"粟裕说。

"我马上起草电报。"张震说。

日历指向了1948年的最后一天。

1949年1月2日2时，中央军委复电，同意华野的总攻部署。24时，华东野战军

< 陈士榘，1955 年被授予上将军衔。

陈士榘

　　湖北荆门人。土地革命战争时期，任红 4 师参谋长，红 13 军代军长，红一军团随营学校校长等职。抗日战争时期，任八路军 115 师 343 旅参谋长，晋西支队司令员，115 师参谋长，山东滨海军区司令员。解放战争时期，任新四军兼山东军区参谋长，华东野战军参谋长兼西线兵团司令员，第三野战军参谋长兼第 8 兵团司令员，南京警备司令员等职。

代司令员兼代政治委员粟裕、副政委谭震林、参谋长陈士榘、副参谋长张震发布了全歼杜聿明集团的命令。

　　《命令》说："被我围困现地待援绝望之杜匪邱、李兵团残部，因连日天气变化，雨雪交加，空投粮弹困难，日食一干一稀，尚不得一饱，及柴草万分困难，体力已大为减弱，饿毙 500 余人，在我有利政治攻势下，士气愈益低落，零星及整批投降者日益增加（计自 12 月 16 日至 31 日向我投降者达万余人），近日敌复积极调整部署，似图

> 张震，1955 年被授予中将军衔。

张 震 ————————————————————————————— ◀—

湖南平江人。土地革命战争时期，任红三军团第4师10团营长，红一军团第4师12团参谋长等职。抗日战争时期，任新四军第6支队参谋长，八路军第4纵队参谋长，新四军第4师参谋长，11旅旅长。解放战争时期，任华中野战军第9纵队司令员兼政治委员，华东野战军第2纵队副司令员，第1兵团参谋长、第三野战副军参谋长，华东军区兼第三野战军参谋长。

待空投补充粮弹后，寻隙夺路向南、向东南、向西南分头突围。

"为贯彻战役决心，乘敌人还未能得到充足的粮食、弹药补给，且疲惫动摇恐慌之际，争取迅速解决该敌，全歼杜邱李匪部，以获淮海战役全胜，决首先分割攻坚13兵团残部，压缩对敌之包围圈，尔后乘胜扩张战果，攻坚邱兵团残部"。

《命令》规定，以10个纵队、25个师（旅）组成东、南、北3个突击集团。各突击集团的编成及任务是：

东集团由3纵、10纵、4纵、渤纵共9个师编成，由10纵司令员宋时轮、政治委员刘培善统一指挥，实施主要突击，分割攻歼13兵团残部。其动作任务区分是：

3纵首先攻歼窦凹之敌，尔后继续攻歼陆菜园、刘庄、陈楼、王刘庄之敌，得手后并继续向罗庄、竹安楼扩张战果，向北与1纵打通联系，楔入邱清泉、李弥兵团接合部，以割裂邱、李兵团联系，坚决阻击邱清泉兵团由西东援，保障10纵、4纵作战安全。

10纵首先攻歼后刘园、李庄、赵园之敌，尔后主力继续攻歼小新庄、小丁庄、张庄、朱庄、孙庄、崔庄之敌，得手后，以一部监视青龙集之敌，先以主力向西攻击，协同3纵作战；或以4纵加入，协同该纵攻歼青龙集之敌，视战况发展再定。

4纵首先攻歼鲁老家、臧凹、吴楼之敌，尔后继续向耿庄、邱庄、夏凹、胡庄、贾庄之敌攻击，协同渤纵、1纵攻歼8军及59军残部。

渤纵除以一部包围监视陈阁之敌外，首先攻歼万庄之敌，尔后继续向王庄、孔楼、马庄、陈庄、周庄之敌攻击，协同1纵、4纵攻歼8军、59军残部。

具体部署由宋时轮、刘培善决定。

北集团由第1、第9、第12纵队共6个师、2个旅编成，由谭震林、王建安统一指挥。各部任务动作区分是：

1纵首先攻歼贾庄之敌，尔后继续攻歼朱小庄、朱楼、竹安楼、邓楼之敌，并向南与东集团的3纵打通联系，割断邱、李兵团联系，协同4纵、渤纵攻歼8军、59军残部。

第9、第12纵队由北向南攻击李弥兵团，积极歼灭当面之敌，策应东集团作战。其中：12纵攻歼夏砦之敌，尔后继续向丁枣园方向发展，协同1纵作战，保障该纵右侧作战安全。9纵以一部佯攻钳制刘集敌人，其主力攻歼左砦、郭营之敌，或争取敌人投降起义，尔后继续向王大庄、刘庄、赵庄方向发展。

山西临绮人。土地革命战争时期，任红五军团卫生部长，红一军团卫生部主任，军委卫生部部长。抗日战争时期，任新四军苏北指挥部第1纵队政治部主任，第1师1旅政治部主任，第3旅兼军分区政治委员。解放战争时期，任华中野战军第7纵队司令员兼政治委员，华东野战军第11纵队政治委员，第三野战军第7兵团副政治委员兼政治部主任。

35军除炮兵附属渤纵作战外，其余部队仍位现地集结待机。

具体部署由谭、王决定。

南集团由第2、第8、第11纵队共5个师、3个旅编成，由韦国清、吉洛统一指挥，自南向北攻击李弥兵团，积极歼灭当面确有把握之敌，以策应东集团作战。各部任务动作区分是：

8纵以一部协同北集团9纵佯攻钳制刘集之敌，主力首先攻歼魏老窑、魏小窑之敌，尔后继续向宋小窑、陈官庄方向发展。

2纵除主力固守现阵地，防敌向南突围外，以一部攻歼范庄、李明庄之敌，协同8纵11纵作战。

11纵首先攻歼徐小凹、李楼之敌，尔后向鲁楼、乔庄方向发展，协同3纵作战，保障3纵左侧作战安全。

具体部署由韦、吉决定。

8纵、9纵、3纵、11纵除主力攻击外并应切实注意防敌在13兵团大部被我歼灭和陈官庄纵深受我严重威胁后，邱兵团乘机大举向西南、向南、向西突围，免临时措手不及。

外线堵击部队任务区分是：

鲁中南纵队（仍由韦、吉指挥）、豫皖苏独立旅、野战骑兵团（仍归钱、张指挥）、两广纵队、野战军警卫团、冀鲁豫三分区基干团及13纵，均仍于原阵地执行原任务不变，7纵三个师仍位现地集结待机。

6纵三个师限于5日拂晓前进至百善集、濉溪口、古饶集之间地区集结待机。

冀鲁豫军区两个独立旅，待3纵（二个师）接防后，移至铁佛寺为中心地区集结待机。

以上各部，除主力控制现阵地集结待机外，应各向前面友邻部队直接保持密切联系，掌握被围敌人情况，以便及时发现向外突围之敌，并适时配合第一线部队协力截歼之。

特种兵纵队除了指挥各兵团各纵队炮兵团协同步兵作战外，其直属重炮编成4个炮兵群，分别位于李石林以北的后平庄、崔口、张庄地区，苗桥西三里庙、李里楼地区，刘河地区和耿庄、骑界沟地区，以有力炮火支援东、南、北三个集团作战。

《命令》规定，统一于1月6日16时发起战斗（如阴雨则提前于该日13时发起战斗）。

《命令》规定了攻击部队的注意事项：

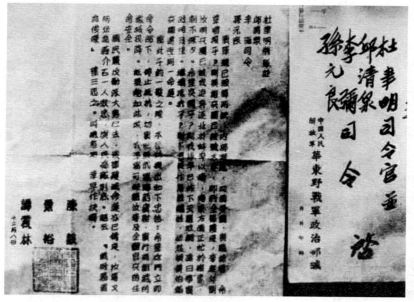

∧ 淮海战役期间，我军给杜聿明集团的劝降信。

（一）为求迅速插乱敌之纵深，割裂敌之阵地联系，除主力保持重点突击外，应各抽调精干得力部队（营或团带充足弹药及二天干粮），于战斗发起之同时，寻隙挺入敌阵地纵深，并控制要点阵地，坚决阻歼各方溃缩、反击、增援之敌，以便会合主力迅速聚歼敌人。

（二）攻击过程中，各部注意结合政治攻势，局部瓦解敌人，配合军事动作。

（三）各部除组织重炮压制敌之纵深炮火，与直属炮兵摧毁攻击阵地前沿外，各突击部队宜多带小包炸药、手榴弹，结合冲锋、汤姆、短兵、刺刀，以便遂行交通壕攻击歼敌作战。

（四）除以主力组织轮番连续攻击外，须控制一部（1/3）兵力，准备截击可能向外分段突窜之敌。

（五）各突击部队，须有防坦克，打敌反击，与必要防毒准备。

（六）加强战场防空，指定专门部队及火器，专任对空射击。

（七）伤员转运，依前定不变，但各参加攻击部队，应于7日前陆续补充，轻二重六基数（携行基数在内）弹药，补给分工依前决定执行！

脚步阵阵，口令声声，炮身挺起，枪刺闪光，列阵森森的部队单等那一声进攻的号令了。

2. 战场鸟瞰之一：东集团

1949年1月6日15时30分，随着一阵震耳欲聋的的炮击声，华东野战军东、南、北三个突击集团同时向杜聿明集团发起了总攻。

猛烈的炮火连续射击了30分钟。顷刻间，敌人前沿的地面工事和制高点火力层、地堡群陷入一片火海之中。

东集团由东向西进攻，分割邱清泉、李弥兵团。

第3纵队的第一个目标是窦凹之敌。被炮弹打蒙的敌人，很快发觉了我军意图，立即以1个团的兵力由北向窦凹增援。在密集的炮火下，增援之敌伤亡惨重，被迫溃逃。不能让敌人有喘息的机会！炮弹和炸药包劈头盖脸地向窦凹之敌盖了下去，敌人的阵地遭到了毁灭性的破坏。经过两天两夜近迫作业、已经迫近敌人鹿砦的22团、24团的步兵立即从东南、西南同时发起攻击。在爆破手连续爆破的爆炸声中，通路迅速开辟，我军如猛虎下山，突入庄内。敌人已经不能进行有组织的抵抗了，有的被炸死，有的被震昏，有的被惊呆了，不知所措。到6时，战斗结束，共打死俘虏敌人600多名。

李弥兵团经过我军连续两天的攻击，于8日仓皇放弃原阵地向西收缩，青龙集南北地区60多个村庄被我军控制。

9日晨，敌人又收缩集结，企图向西突围。3纵受命向西攻击，当即以8师22、24团首先攻歼陈楼之敌，尔后与21团共同围攻孙庄之敌，直逼陈官庄。

9日下午3时，3纵首先以猛烈炮火轰击陈楼，半小时后，发起

∧ 我军炮兵向敌阵地猛烈轰击。

突击，4时20分解决战斗，歼敌34师101团大部，俘敌250多人。12时，刘庄之敌向我21团后刘园阵地反击，被我击退，后仓皇西逃，刘庄被我军占领。

此时，敌人的阵线已经全线瓦解。杜聿明为保护其指挥中心，匆忙将72军残部数千人沿鲁楼河岸组成一道防线，在乔庄桥头的南北两侧架起了6挺重机枪、数十挺轻机枪，组成一道防线，妄图阻止我军过河。3纵当即部署8师21团首先将乔庄之敌包围歼灭，尔后以全力攻歼胡楼之敌，9师20团、27团配合8师向乔庄、胡楼之敌进攻。当晚9时，8师21团的勇士们乘着夜幕，分3路偷渡鲁楼河，向守敌发起进攻。1营1连战士赵思玉、胡正堂冒着敌人的炮火率先冲进敌群，端着自动步枪在200多名敌人中间猛打猛冲。后续部队如潮水般拥了上来，敌人不但丧失了招架之功，也没有还手之力，仓皇西逃，乔庄防线被我军迅速突破。21团随即展开追击，向敌人的野外工事发起攻击，歼敌700多人。9师也迅速插入敌人的纵深地带，同8师并肩向西进攻。

第10纵队第82、84团首先对青龙集东面的李庄、赵园之敌发起攻击，战斗到第二天攻克，歼敌9军3个连；29师两个团对青龙集南小辛庄之敌发起攻击，迫使守敌1个营缴械投降。7日下午，10纵特务团3营攻占金寺庙，歼敌一部，扫清了青龙集东南方各村之敌。

李弥兵团在我强大压力下，放弃了青龙集、朱庄、孙庄，向西逃窜，企图与邱清泉兵团靠拢。

我军乘敌人西窜之机，勇猛杀敌，果敢穿插。28师相机占领了青龙集、朱庄、孙庄等重要村镇。

∧ 我军向杜聿明集团发起总攻。

至此，东集团与北集团之间的联系顺利打通。

4纵也以锐不可挡的攻势，连克鲁老家、臧凹、小阁庄、吴楼、夏庄、朱楼、竹安楼等10多个据点，崔庄守敌第42师残部2,000余人投降。

青龙集是李弥兵团部驻地。青龙集被我军占领，使杜聿明的总部受到严重威胁，杜聿明下令，死守青龙集以西的各个据点。这些据点，工事坚固，形成了遍布村内外的环形防御体系，敌人困兽犹斗，战斗十分激烈。

9日黄昏，10纵29师经过激烈战斗，占领了张庄、鲁庄，又在28师配合下，一举攻克由敌72军主力驻守的青龙集以西的重要据点陆莱园。82团乘胜前进，很快将敌72军军部包围于离杜聿明指挥中心陈官庄不远的胡庄。敌军长余锦源被迫率部投降。

87团在陈官庄临时机场一带向敌第8军军部发起攻击。面对我军的强大攻势，军长周开成无心恋战，仓皇逃窜，晕头转向的他慌不择路，竟然逃到了我85团5连的阵地上。周开成还以为是他们的"友军"阵地，派出一名卫士排长前来联系。那个排长一进我军阵地，就当了俘虏。在前线指挥作战的10纵参谋长李曼村命令那个排长："喊他们过来！"敌人的排长回头向周开成等招手。周开成在随从的簇拥下根本没有生疑，就稀里糊涂地走过来了。一到阵地前，敌排长介绍道："这是我们军长。"李曼村风趣地回答："军长来了，欢迎，欢迎！"周开成一看，傻了眼了，但是，也只能当他的俘虏了。

29师另一部在攻下陆莱园后，一鼓作气，勇猛地向西插入敌人的纵深地带，以神速动作，包围了位于陈官庄西北的刘集。经过激战，俘虏敌74师少将师长邱维达及所属4,000多人。

28师经罗店、李庄挥戈西进，勇猛穿插分割敌人，协同4纵打下黄户庄，端掉了李弥的兵团司令部，尔后又迅速攻占了张楼，将邱清泉司令部包围于花小庙，全歼该敌。

经过全线猛攻，到9日夜。敌人指挥中心陈官庄周围的大部分敌人被歼灭或被包围。

10纵83团指战员不顾连续作战的疲劳，以勇猛的动作，直插陈官庄。当我军越过敌人用卡车和坦克排成的环形围墙时，一群一群的敌人，有的躺在汽车底下，有的蒙着大衣，

国民党第8军军长周开成 —————————————————————

　　湖北潜江人。国民党陆军少将。黄埔军校第六期毕业。抗战时期，任荣誉1师副师长。抗战胜利后，任第8军独立旅旅长、山东警备第4旅旅长、第42旅旅长。1948年9月升任第8军副军长，同年11月代理军长。1949年1月，在淮海战役中被人民解放军俘虏。

被子睡觉，已经当了俘虏，还没有反应过来是怎么一回事情，糊里糊涂地嚷嚷："这是干什么？"不能让敌人有任何喘息的机会，83团主力，分别从庄东和庄北向敌人发起攻击。枪声、杀声、手榴弹的爆炸声响成一片。敌人拼死反扑，从四周向83团扑来，83团1营及时赶到，加入战斗。我83团3个营与数倍于己的敌人展开了殊死搏斗。

10日早晨，敌人向西溃逃，3纵全力向西追歼。4纵先头部队在连续突破陈官庄东北方向的罗庄、李庄、黄庄户等要点后，1个排突入陈官庄西北侧的敌人军官团驻地，排长郭玉贵把轻机枪、重机枪都部署在周围要点，自己带着几名战士直扑团指挥所，击毙军官团团长，威逼其副团长集合全团400多名军官放下武器。3纵21团3营跑步前进，同兄弟部队一起涌入陈官庄，占领了敌人的炮兵阵地，全歼守敌。

天亮了，陈官庄终于被我军占领。

3. 战场鸟瞰之二：南集团

南集团由西南向东北进攻，矛头直指陈官庄。

在总攻开始前的1月5日晚，2纵3个师冒着敌人密集的火力，将冲击出发阵地挖到了距离敌人阵地百米左右的地带。

6日下午，随着攻击号令，4师11团、12团首先发起对李明庄之敌的攻击，仅用了70分钟便全歼敌287团。遂动员俘虏写信向范庄之敌劝降。敌96师副师长田生瑞接信后，仍然举棋不定。敌人不投降，就坚决消灭它！12团7连像一把尖刀，直插敌师指挥所，面对黑洞洞的枪口，田生瑞只得率286团一个营投降，不久，第286团被全歼。7日16时30分，6师对王庄之敌发起攻击。4师重炮连配属6师作战。1排长李树清将九二步兵炮推到距离前沿60米的地方，亲自瞄准射击，一炮下去，敌人的一个地堡应声而毁，炮炮皆命中目标。10分钟火力急袭后，一举冲入敌人阵地，只用了一个小时，就全歼守敌288团。至此，敌军的"王牌"96师被全歼。

国民党第96师 — ▲—

国民党中央军嫡系部队。由原赣军赖世璜部发展演变而成，先后隶属于第36军、第5军、第70军。时任师长邓军林、继任师长刘志道，副师长田生瑞，参谋长何瑞德。下辖287团（团长马安澜、李镇龙代）、288团（周德宣）。在70军的编成内，参加了淮海战役。在淮海战役第三阶段战斗中，该师被人民解放军全歼于河南永城东北地区。

8日，敌机猛烈轰击我包围圈西南各阵地，企图突围。9日晚上，2纵命令4师攻击陈官庄南公路上的据点，5师攻穆楼，6师攻地祖庙。10日凌晨，陈官庄南公路上敌人的两个排向11团投降，空出缺口，11团乘机攻击李康楼之敌，经过激烈战斗，歼敌32师95团及炮兵、工兵共两个多团。在纵队发出全线出击的命令时，先头的各团已经自动出击了，5师、6师歼灭了穆楼和地祖庙的敌人后，分别冲向陈官庄、刘寨。

总攻发起后，8纵23师67团和69团在山炮营支援下，冲向魏小窑，6日晚，攻占了魏小窑，全歼守敌70军96团600多人。68团于7日晚歼敌70军94团1,000多人，占领魏老窑。同日，64团和66团1个营攻打左砦，迫使敌12军1个团放下武器。

9日清晨，敌人一面以20多架飞机向我军孟集、纪胡同地带狂轰滥炸，并施放毒气，企图掩护残部逃跑；一面向8纵左砦、王花园阵地猛烈进攻，掩护主力向西收缩集结，妄图向西突围。在8纵和9纵的顽强阻击下，始终未能得逞。

此时，东集团和北集团已经攻占了杜聿明的"剿总"前进指挥所以及邱清泉、李弥两个兵团的指挥所陈官庄、黄庄户、陈庄等据点。10日拂晓，8纵奉命改向刘小楼、张毛庄守敌进攻，守敌北撤，8纵22师主力一直追到刘集，协同9纵对敌发起攻击，战斗到下午，全歼守敌，攻下了淮海战场最后一个据点——刘集。

总攻开始后，11纵由南向西北陈官庄方向进攻。32旅95团分3路向徐小凹守敌攻击，94团封锁该敌向李楼的逃路，96团扫清窦凹至徐小凹之敌。敌人依托大量的地堡、坚固工事，以各种兵器组成严密的火网，负隅顽抗。指战员们像刨老鼠窝似的，啃下一个又一个地堡、工事。与此同时，31旅在炮火支援下，向李楼守敌猛打猛冲，敌人魂不附体，纷纷缴械投降。当晚20时，我军占领徐小凹和李楼，随即向鲁楼之敌展开进攻。

鲁楼位于李楼以北，陈官庄东南，由邱清泉兵团的72军233师防守。11纵以92团向鲁楼东南攻击，91团向鲁楼正面助攻，93团

< 被困之敌施放毒气妄图阻止我军攻击，战士们戴上防毒面具继续向敌人进攻。

∨ 我军经多次争夺，攻克了鲁楼。

向鲁楼西南攻击，并沿着土堤向北断敌至乔庄的退路，94团向鲁楼以东及东南攻击，96团由窦凹插向陈楼、鲁楼、乔庄三角地带，阻击陈楼、胡庄南援之敌。8日16时，冲击的信号弹腾空而起，各部队冒着敌人严密的火网，朝着鲁楼直插过去，扫清了敌人的外围据点。经过一夜的艰难土工作业，战士们将壕沟挖到了敌人的阵地前沿。9日上午8时，总攻开始，我军指战员如同从平地冒出来一样，突然从敌人的眼皮子底下跳了出来，在滚雷一般的炸药包爆炸声中，敌人的地堡灰飞烟灭，鲁楼被我攻克。敌人一部逃窜，大部被我军歼灭或俘虏。乔庄之敌不甘心失败，向我连续发起4次反扑，妄图夺回失去的阵地，我92团1营稳如泰山，将敌人击溃。

胜利激励着每一位指战员。

4. 战场鸟瞰之三：北集团

北集团由西北向南、东南攻击。

6日傍晚，1纵2师在强大炮火掩护下，采取连续爆破、连续突击的战法，一举攻下了敌人的要点夏庄。驻守夏庄的敌人在庄子周围构筑了数十座地堡群，庄子正北筑有六七个制高火力层，守敌的多数兵力，都已经转入地下，凭借深沟高垒作垂死顽抗。1纵2师在12纵35旅103、104团配合下，6日发起战斗，7日早晨结束，打了个漂亮的歼灭战，俘敌1,000多人。

9日下午2时，1纵3师从3个方向对朱小庄之敌发起攻击，仅用了3个小时就将守敌全部歼灭。接着，乘胜向丁枣园之敌发起钳形攻势。

10日晨，3师全歼敌人的王牌军之一的第5军第45师。

9纵的第一个攻击目标是郭营。这场战斗干净利落，仅7分钟就攻下了郭营，全歼守敌122师336团。

左砦敌人335团见大势已去，利用我军架通的电话与我军联系，向我26师投降。

寇庄之敌，惧怕我军夜间攻击，黄昏后增兵，加强了防御。拂晓前，主力撤至二线休息。我军出敌不意，于8日凌晨发起攻击，8时攻克寇庄，全歼守敌一个营。9日下午，敌人孤注一掷，向我军施放毒气，并在20架飞机的掩护下，以坦克为先导，集中全力向西突围，一度占领我左砦阵地，被我夺回。残敌一部利用夜暗，搭乘坦克继续西窜，我军73团当即搭乘坦克、汽车向西猛追，敌人的坦克被我军截获，敌人弃车分散逃窜。在逃窜途中，邱清泉被我击毙。

12纵首先对准盘踞在夏砦至夏庄的守敌。36旅从夏砦的西北面投入战斗。35旅配合1纵攻打夏庄。敌人的一切尽在我军的掌握之中：夏砦周围的小起伏地。坚固的土木工事、火力配系，敌人的阵地都在我军各种炮火和机枪的射程之内。担任突击任务的36旅准时发起进攻，直扑敌阵。敌人施放催泪弹，我军进攻受阻。谢振华司令员下了死命令：" 夏砦必须当天打下来，无论遇到什么困难，也要自己设法解决，不能耽误战机，影响全局！" 命令如山。36旅在旅长朱国华率领下，以不惜牺牲一切的大无畏精神，于1月7日凌晨攻下了夏砦，歼灭了敌5军一个团。

朱国华 ———————————————————————

　　河南新县人。土地革命战争时期，先后在红四方面军任营长、团长等职。解放战争时期，任华中野战军新10旅旅长、华东野战军第12纵队36旅旅长、第三野战军第30军90师师长等职。

夏砦之战一结束，12纵36旅立即投入了攻击丁枣园的战斗，很快占领了丁枣园。李弥兵团企图趁我立足未稳，妄想从这个口子向北突围，正好落入了12纵布下的口袋里，李弥的1,100多人的军官教导团，全部被我生俘。

茫茫平原上，军号激越，杀声震天。邱清泉、李弥兵团残部失去指挥，狼奔豕突，人马到处乱窜，纷纷投降，负隅顽抗者即被歼灭。

突然，空中传来了沉重的马达声，敌人的运输机自北而南飞来。不多时，天空中落下了许多大米、罐头和锅饼。战士们高兴地说：" 原来是蒋介石这个运输大队长给我们送早饭来了。" 此起彼伏的欢呼声代替了枪炮声。

此时，在一望无际的战场上，无数条长龙似的俘虏队伍被押解着向四面走去，无数辆被我缴获的大小汽车，满载着战利品奔驰。连续激战的疲劳被兴奋所代替。

10日16时，杜聿明集团全部被歼，淮海战役胜利结束。66天的战斗终于画上了圆满的句号。

❶我军主力作战略转移，分路行军突围。

❷ 我军某部在阵地上迎击敌人。

❸ 我军某部涉过河流，向前线进军。

❹ 我军向敌阵地发起冲击。

❺ 我军登上城垣，向城内突击。

谢有法
（时任华东野战军山东兵团政治部主任）

　　1949年1月2日，华野下达攻击杜聿明集团的作战命令。华野决心为全歼杜、邱、李各部，首先割歼李兵团残部，尔后乘胜扩大战果攻歼邱清泉兵团残部，决定组成3个攻击集团：山东兵团指挥第1、9、12纵队与35军，由北向南进攻；苏北兵团韦国清、吉洛指挥第2、8、11纵队，由南向北进攻；宋时轮、刘培善指挥第3、4、10、渤海纵队，由东向西进攻。并规定6日16时统一发起总攻。

　　　　　　　　　　　——摘自：谢有法《山东兵团在淮海战役中》

张 震

（时任华东野战军副参谋长）

　　（1949年）1月6日15时30分，我军发起总攻，以绝对优势的炮兵火力，掩护步兵连续爆破，迅速突入敌人阵地，分别经半小时至两小时短促战斗，攻克13个村落据点，歼敌万余。

　　7日，李兵团残部纷纷窜入邱兵团防区，我乘势发展进攻，又攻克23个村落据点，敌防御体系开始瓦解。

　　9日，敌连续向西突围，国民党空军副总司令王叔铭亲率大批敌机到陈官庄地区上空助战，并投掷催泪毒气弹，掩护突围。我4纵、10纵在宋时轮司令员、刘培善政治委员指挥下并肩作战，楔入敌突围部队中，将其分割。

　　接着，我军全线猛攻，至10日16时将敌全歼，生俘杜聿明，击毙邱清泉，李弥化装伤兵只身逃脱……

　　——摘自：张震《华东野战军在淮海战役中的作战行动》

第八章

败军之师与败军之将

∧ 1948年，朱德在河南濮阳期间深入部队视察。

在总攻陈官庄的战斗中，我军共歼灭杜聿明集团1个"剿总"前进指挥部、2个团部、8个军部、22个师、1个骑兵旅，其中就有曾经不可一世的国民党军的王牌军、"五大主力"之一的第2兵团第5军第45师。这支王牌军的覆没，是杜聿明集团灭亡的缩影。在4天的战斗中，我军俘获了杜聿明以下等国民党军高级军官多人，曾经桀骜不驯的第2兵团司令官邱清泉被击毙，第13兵团司令官李弥化装逃跑，侥幸逃脱。他们的绝妙表演，给淮海战役增添了几许喜剧色彩。

1."王牌军"的覆没

从1949年1月6日15时30分到1月10日16时，我华东野战军10个纵队、25个师（旅）经过4昼夜共96个小时的连续攻击，全部歼灭杜聿明集团余部，计有1个"剿总"前进指挥部、2个兵团部、8个军部、22个师、1个骑兵旅，共计17.6万多人。这是淮海战役中最后的也是时间最短取得最大胜利的一场战斗。

要想将4天的所有战斗全部再现出来，需要一部又一部厚厚的书。我们只能选择一场有代表性的战斗加以详细叙述，以窥全豹。

1月6日下午，总攻开始了。属于北集团的我华野第1纵队第3师在巨大的炮火掩护和兄弟部队的配合下，以绝对优势兵力，采取打一点歼灭一点的战术，迅速夺取了位于夏庄至夏砦之间的朱小庄、罗河堤外围的敌人碉堡群，目标直指罗河堤。

罗河，由西北流向东南，是朱小庄与丁枣园敌人的天然屏障，也是邱清泉、李弥两兵团防御的险要接合部。

6日夜，纵队命令第3师，以第7、第9团夺取罗河堤，割裂朱小庄与丁枣园敌人的联系。

与他们对阵的是邱清泉兵团的第5军45师和李弥兵团一部。

真是不是冤家不聚头啊！这个第5军，是他们多年来的老对手了。这个军，同整编74师、新1军、新6军、18军（即整编第11师），号称国民党的"五大王牌军"。早在抗日战争时期，就全部美械装备了。

1948年5月1日，朱德总司令在河北濮阳的一次报告中指出：把国民党的这几张王牌搞掉了，问题就等于解决了一大半。对付5军，要采取钓大鱼的办法，慢慢同它摆，在水里摆来摆去，搅上它几个钟头，搞得它筋疲力尽时，再把它拖上来揍。于是，

∧ 1948年1月，朱德在河南濮阳与华东野战军司令员陈毅、副司令员粟裕等人合影。

部队就流传出了这样的小调："打5军，打5军，钓大鱼，玩龙灯，先剥皮，后抽筋……""吃菜要吃白菜心，打仗专打新6军……"

到现在，74师已命丧孟良崮，新1军、新6军灭亡于东北战场，18军刚刚在双堆集覆没，5军算是国民党军的最后一张王牌了。

也别小瞧了这张王牌，面对即将灭亡的命运，他们仍然在做垂死的挣扎，而且，越是灭亡在即，挣扎越是疯狂。

河堤两岸，是密集的地堡群。龟缩在地堡群里的敌人，以猛烈的火力拼死据守。9团多次强攻，未能突破敌人的防线。遂立即调整部署，投入预备队，与敌人展开了反复争夺。

激战中，我军1个营攻占了200多米长的一段堤埂，楔入了敌人的主要防御阵地，撕开了一个口子。敌人大惊，立即令丁枣园、朱小庄之敌向我猛扑过来，对我呈夹击之势。

"上刺刀！"随着指挥员一声令下，一场残酷的白刃战开始了。刺刀搏击的火花、双方粗重的喘气声、我军战士沉重的喊杀声、敌人倒下时的惨叫声，混成一片。敌人一次又一次的反扑被我击退了。

凶恶的敌人一计不成，又生一计，竟向我军施放毒气，同时出动飞机向我军疯狂扫射。顿时，阵地上浓烟滚滚，烈火熊熊，到处是焦土。毒气和烈焰笼罩了我军阵地，指战员们被毒气熏得直流眼泪，呼吸困难，他们用湿手巾掩着口鼻，彻夜奋战，最后，全营只剩下了几十个人，仍坚守在阵地上，岿然不动，寸土不让。

经过两昼夜的激战，敌人损失惨重，3师也付出了极大的伤亡。罗河以东的战地上，到处是敌人横七竖八的尸体，到处是被击毁的坦克和大炮，到处是被打烂的战壕、地堡。

8团越过罗河后，一直打到丁枣园东南角的敌人集团地堡前。敌人仍然在疯狂反扑，被我坚决击退。7团自朱小庄西河堤北岸向西北攻击，占领了丁枣园正东一段河堤。两个团成钳形攻势，敌人的抵抗也偃旗息鼓了。

深夜11点，3师政委邱相田接到7团政委徐放的电话：

"刚才，从1营对岸爬上来一个人，摇着白旗，自称是45师的新闻室主任，声称要和我们接洽'谈判'。"

敌人最后一支王牌军终于向我们摇起了白旗，能不令人兴奋吗？

指挥所里，微弱的灯光照亮了地图一角，师长陈挺用铅笔在地图上划出了一个红色的圆圈，对邱相田说："敌人动摇了，我们要勇猛地杀出去。9团要迅速插到丁枣园以西，8团插到东南和西南，把包围圈箍紧，迫使敌人更快地放下武器。"

12点，电话铃又响了。7团政委徐放报告："敌人提出4个条件：一、保证生命安全；二、保护私人财产；三、作为起义部队对待，发给回乡证明书；四、允许解甲归田。"

"告诉他们，只有立即停止抵抗，并在今夜3点以前全部放下武器，才能保证他们的安全。但根本说不上'起义'二字。立即派正式代表过来谈判。"

指挥所里更加忙碌了，电话铃声不断。政治部的同志动身赶往前沿，组织开展政治攻势，做好受降准备。

> 邱相田，1955被授予少将军衔。

邱相田 ————————————— ◀—

福建上杭人。土地革命战争时期，任新汀杭县军政委员会副主席，闽西南军政委员会青年部副部长，中共杭岱县委代理书记等职。抗日战争时期，任新四军苏北指挥部第3纵队8团政治委员，军部特务团政治委员，浙东游击纵队第5支队政治委员，中共浙东区四明地委书记等职。解放战争时期，任华东野战军第1纵队3旅政治部主任、旅副政治委员，第3师政治委员等职。

陈挺和邱相田分头到7团和8团检查战斗准备。

战斗仍然在激烈地进行着，敌人还在顽抗，真是不见棺材不落泪啊。

阵地上，与枪声交织着的，是一片喊话声。成班成排的敌人放下武器，跑到了我军阵地上。

"报告师长、政委！"

刚从阵地上检查回来的陈挺和邱相田刚刚在指挥所前面的一颗秃树下坐下，就看见7团政委徐放领来了5个身穿国民党士兵棉大衣、提着大皮包的敌军官。

徐放指着一个40来岁的大个子说："他就是5军45师师长崔贤文。"

邱相田抬头看了看眼前这个大个子，只见他，帽耳朵耷拉在脸上，棉大衣紧紧裹着

身体，狼狈不堪。尽管还想装出点神气来，但是怎么也装不出来。

5个人面向坟堆站着，谁也没有吭声。

邱相田严正地对他们说："战局已经非常明显了，抵抗下去只有死路一条，你们应该立即放下武器，向人民解放军投降。这关系到一师人马的生命安全。作为一师之长，应该为他们负责。"

"能，能给我们一个馒头吃吗？"崔贤文的声音像蚊子。

"什么？"陈挺笑了，邱相田笑了，徐放笑了，其他4人也笑了。

"我们实在是饿坏了。"

也不管馒头是热还是冷，也不管是软还是硬，几个人便狼吞虎咽地吃了起来。

吃饱了，崔贤文才装模作样地说："我们这次失败，是战略上的失败，不是战术上的失败，我们的部队还是能打的……"

死倔！邱相田心里骂出了两个字。

"蒋介石卖国打内战，反共反人民，你们的失败是早就注定了的！不管再好的战略，再好的战术，再能打的部队，也挽救不了你们灭亡的命运！"

崔贤文哑口无言。半天才说出了一句话："能不能以起义部队对待我们？"

陈挺一听，火了。他猛然站了起来，厉声喝道：

"只有无条件放下武器，才能得到人民的宽大！你看看。"

周围，火光烧红了战地的夜空。不停的炮声、吼声，遍地在咆哮、呼啸，扑向敌人，我军的包围圈越来越紧，随时可以把敌人全部歼灭。

"看到了吧？只有马上投降，才有生路！否则……"陈挺意味深长地说。

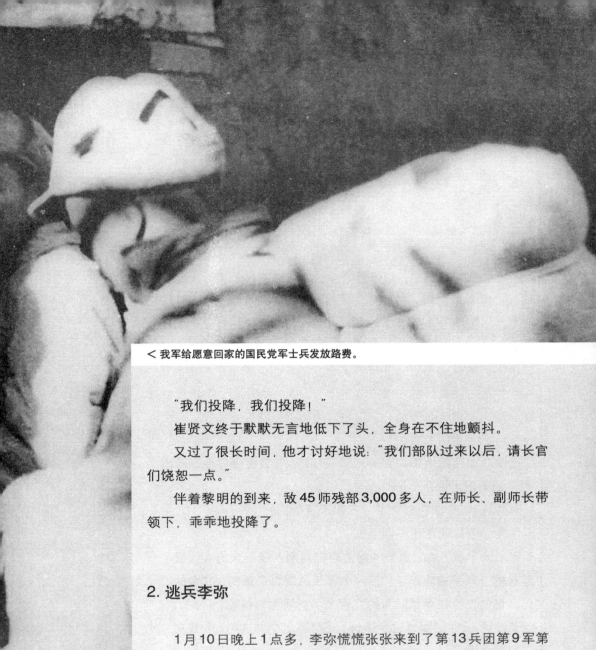

< 我军给愿意回家的国民党军士兵发放路费。

"我们投降，我们投降！"

崔贤文终于默默无言地低下了头，全身在不住地颤抖。

又过了很长时间，他才讨好地说："我们部队过来以后，请长官们饶恕一点。"

伴着黎明的到来，敌45师残部3,000多人，在师长、副师长带领下，乖乖地投降了。

2. 逃兵李弥

1月10日晚上1点多，李弥慌慌张张来到了第13兵团第9军第3师师长周藩所在的张庙堂指挥所，告诉周藩说："傍晚，东边都垮掉了。杜老总叫我去到他那里商量，问我们怎么办？我们没有什么办法。他也拿不出办法，可又拉着不放我们走。敌人打到跟前来了，他才放我们走出来。我迷失方向了，看着有队伍就跟着走，走着走着被打回来，又走，走一会儿又被打回来。老跟着混乱的队伍挨冷枪打。我想打死不合算，到第9军来找你们，用指北针确定张庙堂方向是朝北，恰好走到你这里来，跟着自己的队伍才有把握。"

周藩说："我们老等司令官的消息，等到第200师接到通知要走了，判断司令官都走掉了，军长才决定叫我们走。司令官来的正好。"

李弥问："现在你们怎么办？"

周藩说："让大家决定后再行动。"

李弥说："很好。周楼阵地坚固吗？守得住吗？"

周藩说："问问甫团长吧。"

李弥亲自同甫团长通话，得到了肯定的回答。

李弥说："这样就好了。我们就到周楼去守住再说，免得乱枪打死了。"

已经是深夜2点了。到处是败兵，数不清有多少人，火线上却没有人。摸着黑走路，再加上人挤人，一会儿，李弥便走丢了。原来，李弥稀里糊涂地摸到了第3师的警戒哨那里了。周藩又派人把李弥接到周楼。

小小的掩蔽部里，一下挤进了七八个人，大家呆呆地坐着。

李弥这才将紧张的心情平息了下来，说："好，好，到这里有你们就保险。南京老头子他们正在讲和平停战，快有结果了。只要你们能守几天，就有希望出去。"

周藩愁眉苦脸地说："没有吃没有喝的，怎么能守得住？等南京谈判，还不把人饿死！"

李弥说："和谈快成功了，三两天就行。"

说完，李弥就迷迷糊糊睡去了。

第二天早晨7点，激烈的炮击声把刚刚入睡不久的人惊醒。一个营长的一只手被炸掉了，另一个营长的腿负了重伤。其余的，死的死，伤的伤。在周楼藏身的几百人顷刻间作鸟兽散。

李弥说："你们都当过参谋长，还想不出个办法吗？"说完，就闭上眼睛装睡了。

副司令官赵季平对周藩说："看来，司令官的意思是想法脱身走掉。"

周藩这才明白，李弥是要他投降讲条件，好让他们找个机会混出去。他心想，不投降，坚持打下去的话，李弥活不成，自己也活不成。上下的死活都在自己的一念之差了。大家都不愿意死，那只有投降一条路了。

想清楚了，周藩叫醒李弥，向他请示说："如果再打下去，大家一齐都打光，我们也跟着完。我想派个人送条子出去请求投降，可以不可以？"

李弥不假思索地答应说："可以写条子送出去。"

条子写好了，署名只写了"周楼守备部队长"，李弥、周藩都不敢把自己的名字写上去。

条子送出去了，李弥等人呆呆地等待消息。等来的是已经被俘房的第9军第166师师长肖超伍派副官送给周藩的劝降信。肖超伍是被我华野9纵第27师俘房的。

不投降，就会被全部消灭。周藩知道，自己是逃不了了。

李弥看过信后说："还是等等我们送出去的信的回音吧。现在出去还太早。"并对送信来的副官说："你先回去，不要说我在这里。"

过了不多时，又一封劝降信送了过来，信中说："解放军要你们立即投降，主官出来报到，部队放下武器听点收，否则就要立即攻击，不得再延误。"

李弥说："他们要主官出去报到，看你们哪一个愿意去吧？"说完便放声大哭起来，边哭边说："我不能死呀！我死不得呀！我若能回去，对你们的家属我一定照顾的。你们都可以放心！"

周藩明白，李弥是要他去报到的。不过，周藩还是给李弥出了一道题。他知道，第9团代理团长甫青云是李弥的同乡，是李弥一手提拔起来的心腹，就故意说："那就叫甫青云出去报到吧！"

甫青云一听，放声大哭："我不能去呀！"

周藩说："好了，好了，不用哭了，我去就是了。"

李弥说："还太早，现在才3点钟，再等一会儿才好。"

周藩明白，李弥要等他自己化装好了再行动。只好等他和两个副司令等人都换上了士兵的服装，李弥还坚持要穿带血的大衣。

正要行动，已经被俘房的第9军参谋长也来催降，他看到李弥，心里一惊："啊！司令官也在这里？"

李弥一慌，镇定了一下，讨好似地说："你千万不能告诉他们说我在这里。"

对方点头。

李弥泪汪汪地说："你们去吧，如果我能回去，我会照顾你们的家属，你们放心吧。你们千万不要揭露我呀，就算我求你们了。"

就这样，贪生怕死、失魂落魄的李弥化装成伤兵，逃了出去。

国民党军委会办公厅主任朱培德 ————▼—

云南盐兴人。国民党一级陆军上将。云南讲武堂毕业。护法战争中任滇军师长。1921年，任中央直辖滇军总司令。1925年，任国民政府委员，军委会委员及第3军军长。二次东征时，任南路总指挥。北伐战争时，任右翼总指挥，江西省主席。南京国民政府成立后，任第1集团军预备队总指挥，湘赣"剿匪"总指挥，参谋总长，军委会办公厅主任兼代训练总监、代理参谋总长。1937年因病去世。

∧ 曾任国民党军军委会办公厅主任的朱培德。

＜ 图为南昌起义总指挥部旧址——原江西大旅社。

和黄百韬、邱清泉等的死硬相比，李弥算得上是软骨头了。这个黄埔第四期的学生，早年就表现出了滑头性格。1927年南昌起义时，时任朱培德为军长的第3军军官教导团排长的李弥就拒不参加，由江西跑到了上海。往后，他也有过辉煌，参加过昆仑关战役，增援过滇西远征军左翼军。以后一路高升，在淮海战役开始前由军长升任兵团司令，被授予陆军中将。如今，他却灰溜溜地逃跑了。难怪邱清泉骂他枉称黄埔子弟，真也没有冤枉他。

3. 穷途末路邱清泉

全线崩溃，一泻千里，覆水难收。军官胆战心惊，士兵东逃西窜，谁也辨不清哪里在打枪打炮。平时狂妄不可一世的邱清泉，此时也只能终日坐在"敌我态势图"前垂头丧气了，嘴里不断自言自语："真正崩溃了！真正崩溃了！"

南昌起义 ——————————————————▲—

大革命失败后，周恩来、朱德、叶挺、贺龙、刘伯承等共产党人率领2万多部队于1927年8月1日在江西南昌发动武装起义。经过激战，全歼国民党守军，占领南昌城。随后，起义部队按计划撤出南昌。在南下广东途中，起义军遭遇挫折。朱德率领一部分幸存部队辗转进入井冈山地区坚持战斗；另一部分转移至广东海陆丰地区，保存下来的部队成为工农红军的骨干之一。南昌起义向国民党反动派打响了第一枪，是中国共产党独立领导武装斗争和创建革命军队的开始。从此，8月1日成为我国的建军节。

∧ 我军某部在前沿阵地阻击敌人进攻。

7日晚上，战况愈演愈烈。邱清泉索性喝得酩酊大醉，用被子蒙着头睡在床上，对一切战事不闻不问。

参谋长李汉萍战战兢兢地对他说："司令官，这样下去会崩溃的，得赶快想个办法呀！"

"让他崩溃好了！"邱清泉怒气冲冲地喊叫着。

9日，我军进攻速度加快，邱清泉眼看顶不住了，为了应付万一，亲自打电话给第72军军长余锦源，有点可怜巴巴地说"现在情况紧急，兵团部所有部队都已经调空，我想向你讨一个步兵团，作兵团预备队。"

一个平时不可一世的混世魔王，混到要低声下气地向部下"讨"兵的份，结果呢？一兵不发！

这次，邱清泉没有摔电话，而是将电话轻轻一搁，愁眉苦脸地两手抱头，呆呆地坐在电话机旁，一言未发。

下午2时，李弥兵团全线崩溃，邱清泉惊慌失措，连各个处室也不通知，就和杜聿明一起，带着一个连作警卫，离开陈官庄到离陈官庄北一公里处的陈庄，那里是第5军的司令部。此时，在邱清泉看来，只有第5军军长熊笑三这个心腹可以依靠了。

杜聿明、邱清泉一到陈庄，我军的炮火已经延伸到了那里，熊笑三当着杜聿明、邱清泉的面，满腹牢骚地说："打了40天了，陈庄从来没有落炮弹，兵团部刚来，敌人的炮弹也跟着来了，这就是因为人来的太多暴露了目标的关系。"

吃晚饭时，人多，碗筷不够，熊笑三又发牢骚："来这么多人，哪有这么多东西吃呢？"

这就是杜聿明、邱清泉一手培植起来的人物在他们危难之时的态度，不知道杜聿明和邱清泉感没感到寒心？

外面，我军的炮火，冰雹一样落在敌人的阵地上，映得满天通红，滚滚浓烟裹挟着尘土，向四周弥漫，轻重机枪声、手榴弹的爆炸声，一阵紧似一阵，各种颜色的曳光弹，像流星雨一样在天空飞来飞去。

杜聿明的掩蔽部内，死一样沉寂，昔日不可一世的国民党军要员，也只能默然相对了。

来向杜聿明请示机宜的李弥，悻悻地走出掩蔽部，伤感地对送

> 被我军击毙的国民党军第2兵团司令邱清泉。

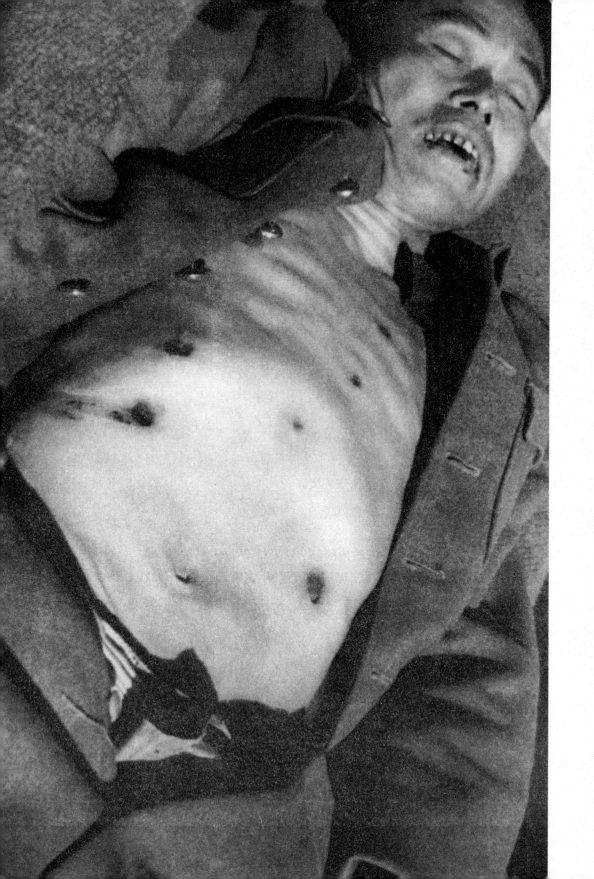

他出来的李汉萍说:"炒豆子的时候到了!我早就知道有今天!终于到了!"说着,像个醉汉一样,摇摇晃晃地走了。

返回掩蔽部后,李汉萍等力劝杜聿明和邱清泉突围。

李汉萍说:"杜总、邱长官,现在乘部队还没有完全崩溃,你们可以乘坐坦克车,由张庙堂第5军第200师的阵地向西突围。危险是有,但是,总比坐着等死好啊!"

"现在突围,固然牺牲很大,但这次战争,我们已尽了最大的力量,即使我们全军覆没,总统也没有理由责怪总司令作战不力。俗话说得好,留得青山在,不怕没柴烧,现在留得一个算一个。如果不突,在这里的高级将领会被共产党一网打尽,对国家又有什么好处呢?"其他人也在帮着劝说。

但是,不管别人怎么说,杜聿明还是那句话:"你们突吧!我是不突的,就是只剩下我一个人,我也不走!"

再也容不得杜聿明多想了,时间在前进,我军在前进,枪声如炒豆子,口笛声、抓俘虏声此起彼伏。

杜聿明、邱清泉终于清楚地意识到,自己的死期到了,再也没有一点顽抗的余地了,经过密议,决定分头寻出路。

杜聿明强作镇静,给蒋介石发出了最后一封电报:"各部队已混乱,无法维持到明天,只有当晚分头突围。"

邱清泉亲自操起电话给各军打电话,命令他们可以自寻生路,自己从此不再执行指挥权。

参谋长李汉萍走进杜聿明的掩蔽部,只见杜聿明一言不发,邱清泉强作镇静地说:"现在陈庄三面已经被包围,只有西南方一个缺口可以走,大家突出重围后,谁能到南京,谁就向总统报告这次全败经过及今晚的情况。"

于是,杜聿明走在最前面,后面依次是:邱清泉、徐州警备司令谭辅烈、李汉萍,四个人鱼贯而行,后一个人的右手搭在前一人的左肩上,由第200师工兵营营长作向导,由陈庄西南缺口突围。

人马拥挤,天黑难辨方向,不一会,就都走散了。李汉萍转瞬即作了俘虏。

邱清泉一出陈庄,精神就失常了,他一会儿跑到东,一会儿跑到西,嘴里高声大叫着:"共产党来了!共产党来了!"就这样,在阵地周围乱转的邱清泉,被我军击毙。

看着邱清泉带着队伍向北跑了，杜聿明带着副官卫士等十来个人，先向西，出了陈庄后又向东北。

　　到处都是运动着的解放军部队。隐蔽在战壕里的杜聿明，剃光了胡子，在卫士搀扶下，像无头苍蝇似地跑着，跑着，算算，已经跑出10多公里了，眼见解放军越来越多，不知道什么时候能跑出包围圈。

　　"什么人！"

　　突然，两名解放军战士端着明晃晃的刺刀横在了他们面前。

　　"送俘虏的。"副官还想蒙混过关。

　　"缴枪不杀！"

　　随着一声大喝，"哗啦啦！"杜聿明的副官、卫士的枪齐刷刷放下了。

∨ 成群结队的国民党军俘虏被押出战场。

"完了！"杜聿明心里一顿，右手中的手枪已经举向太阳穴。

副官劈手将枪夺了过去，随即扔了出去。

堂堂的"剿总"副司令，连自杀的权力也被剥夺了，只好乖乖地当了俘虏。

4. 杜聿明的滑稽表演

枪炮声渐渐稀疏了，被枪炮耕耘过的淮海大地上，此刻，呈现出另一种景象，成千上万的俘虏，像疾风中涌动的流沙，塞满了大路、田地和任何能容纳人的空场地。

俘虏们个个灰头土脸的，一脸菜色，瞪着饥饿的蓝眼睛，步履蹒跚地移动着。在我军战士"快点！跟上！"的督促下，依然慢腾腾地移动着。胆子大点的还低声嘟哝："长官，我们实在是太饿了，走不动呢。"

各单位的炊事员成了大忙人，当他们气喘吁吁地把饭菜送到收容所时，不等招呼，大批俘虏就冲了上来，争着抢饭吃。饥饿使他们忘记了战士们明晃晃的枪口正对着自己。

炊事员实在忙不过来，只好把粮食发给俘虏，让他们自己动手烧饭吃。刚才还一脸颓丧的俘虏，立时来了精神，纷纷拿出随身带着的洗脸盆、去掉衬里的钢盔、茶缸、熏得黑不溜秋的铝水壶，往里面放米加水，俨然一个小小的煮饭锅子。不多时，四处便升起了袅袅烟雾。

在距陈官庄东北七八公里的一个小村子里，华野第4纵队负责俘虏收容工作的陈茂辉刚刚安顿下来，电话铃就响了。

卫生处处长赵云宏告诉他："又抓到一个国民党军官，看来来头不小啊，有记者、司机跟随，还有卫士。估计至少是个少将。"

"马上送来！"

俘虏收容所的一项重要工作，就是清查被俘的高级军官，不使漏网。听说是一个"将官"，陈茂辉兴奋了，想想过去张牙舞爪、派头十足的、死硬顽抗的"将军"能在自己面前低头，心里那个痛快，就甭提了。

可是，左等右等，送俘虏的还是迟迟不到。陈茂辉火了，一次次拿起电话催

∧ 被我军俘虏的国民党徐州"剿总"副总司令杜聿明。

问："怎么还没有送来啊？"

两个多小时后，押送俘虏的才姗姗而到。

陈茂辉大声责问：

"怎么搞的？慢腾腾的，逛街啊？"

押送俘虏的战士指着俘虏说："还不是这些俘虏，实在是太娇嫩了，说怕飞机，一路上走走停停，一听有像飞机的响声，就趴在地上不动了。好容易才弄来。"

陈茂辉挥挥手，打断了他的话："带进来！"

首先进来的是一个自称是记者的军官，他一边往里走，一边失魂落魄地说："有飞机，有飞机，先在外面躲一躲吧。"

陈茂辉又气又好笑，不理他。

接着进来的是个司机。

最后进来的俘虏没有看清门框的高低，脚被拌了一下，头被门框结结实实地撞了一下，疼得双手抱着脑袋。

陈茂辉一看，此人年龄比较大，穿着一身士兵棉服，外面套着一件破大衣，脸和手乌黑，很不自然地弯着腰，像个伙夫。

陈茂辉心想，这大概就是赵处长说的"将军"了。

先进来的俘虏自我介绍说："我叫尹东生，《徐州日报》随军记者。这位是第13兵团的高军需。这是我的证件。"

司机说："我是张印国，在徐州开商车，被他们给拉来的。"

陈茂辉没有理他们，两眼直逼"高军需"。

不等陈茂辉说话，"高军需"先是打了个立正，然后恭恭敬敬向他行了个军礼。

标准的军礼，受过良好的军事训练，不是一般的伙夫能做到的。陈茂辉心里一顿。他招呼俘虏坐在小方桌边的一条长凳上，递给他一颗"飞马"牌香烟。

在陈茂辉的注视下，他接过香烟，放在了桌子上。又连忙从衣袋里掏出一包用锡纸包装的香烟，撕去烟盒封口上的红条条，抽出一支递给陈茂辉，又送一支到自己的嘴上。

"喀嚓"一声，坐在一旁的"记者"将打着的打火机伸了过来，恭恭敬敬地替他点烟。

军官狠狠地瞪了"记者"一眼。"记者"恍然大悟，赶忙转身将火送到陈茂辉面前。

一出哑剧在陈茂辉面前上演，他意识到，此人决不是一般人物，再仔细一端详，发现军官的鼻子底下还有一些残余的胡子，样子像是两撇"仁丹胡子"留下的，只是因为刮得太匆忙了，没有打整干净。

陈茂辉从嘴角泛出了不易察觉的冷笑。

电话铃响了。是民运科长李教清从俘虏管理处打来的。

"好消息啊，又有3个少将，都是主动坦白的。"

陈茂辉注意到俘虏也在注意听，便故意大声说："好啊，好啊，不管是少将中将什么将，自动坦白就很好，要好好宽待他们啊，饭尽量可口，还要向他们深入讲解我军的俘虏政策，让他们放下思想包袱。"

放下电话，陈茂辉一个一个地仔细看着三个俘虏，长久没有发问，正在他们丈二和尚摸不着头脑的时候，陈茂辉突然问：

"哪个兵团的？"

"13兵团。"

"职务。"

"军需。"

"不对吧？"

"是军需处长。""记者"在旁边插话了。

"姓名。"

"我叫高文明。"

"名字不错嘛。你说说，你们13兵团有几大处？"

"6大处。"

"把你们6大处处长的名字写一下。"陈茂辉顺手递给他一个本子。

军官明显有点紧张。他伸手到大衣口袋里去掏笔，露出了一截很白的手臂，上面还箍着一只锃亮的手表。

"手表戴在手腕上才方便啊。哪有戴在手臂上的。"陈茂辉更加明白了他的身份不一般，故意打趣地说。

军官尴尬地把手表往手腕处拉了拉，又去掏笔。掏了半天，先是掏出一包美国香烟，又掏出一包美国牛肉干，最后才掏出一只派克钢笔来。

他写字的手在明显发抖，写了几个字就写不下去了。

"写啊！难道你连在一起共事的几个处长的名字都不知道？"

"知道！知道！"说归说，就是写不出来，写来写去，还是"军需处长高文明"几个字。

"记者"的脸上冒出了汗珠，伸手要替他写。

"让他自己写。"

"别做样子了。还是老老实实地讲吧。你究竟是干什么的，不要有顾虑。要不，我再给你读读《敦促杜聿明投降书》吧。我们的毛主席说得好，你们总归是要被解决的。现在，你们的部队不是已经被我们解决了吗？不过，你不要有什么顾虑，我们的俘虏政策想来你应该是知道的，不论官大官小，只要放下武器，除了战犯以外，是一律宽待的。"

没有反应。陈茂辉抬头一看，军官把头几乎缩到了大衣领子里面，看不清表情。

"蒋介石的徐蚌会战彻底失败了，你应该承认吧？黄百韬死了，黄维企图逃走，被活捉了……"

军官突然一怔，急忙问："黄维在哪里？"

有人把俘虏的一个京戏班子送来请示处理。陈茂辉把京戏班子的琴师叫进屋子问话。

一旁的"军需处长"一见琴师进来，立时低下了头，只顾拨弄屋里取暖的火堆，弄得烟雾缭绕。

"政策都给你交代清楚了，你好好考虑考虑吧。坦白交代吧，隐瞒下去对你没有什么好处。你也不想想，既然我们能抓住你，还愁搞不清你的身份？"

沉默，难耐的沉默。

只见"军需处长"抓耳挠腮的，有点坐不住了。他一会儿从衣襟的夹层里掏出一袋牛肉干，一会儿又从大衣下边的夹层掏出香烟，一会儿又从衣袖里掏出一些杂七杂八的东西来。他端起陈茂辉递过去的水杯，喝了一口水，撕开一袋牛肉干，就着开水慢腾腾地嚼了起来。

"饿了吧？那么先吃饭，吃了饭再说。"

饭很快端上来了。主食是小米饭，菜是大蒜炒马肝和辣椒炒马肉。

饭菜看来并不合这位军需处长的口味，他只吃了一点点，便埋头抽起了美国产的骆驼牌香烟来。

一时不会有什么结果。陈茂辉教人带他到一座独立的小磨坊去。

过了不久，看押俘房的战士突然急匆匆地跑来报告，那个军官在磨坊里用一块小石头把头砸破了。

陈茂辉急忙跑过去，一看，他躺在地上，满脸血污。陈茂辉心里一惊，如果一个将级军官在自己手中死掉，那责任可就大了。

"叫医生！"

完全是虚惊一场，伤口不大，只是额角破了点，满脸的血污看来是故意涂抹上去的。陈茂辉心里更有数了。

"送卫生所去！"

陈茂辉立即对那个"记者"再次审问：

"高文明究竟是什么人？我军的政策你是知道的，你可要想好了，撒谎的后果你可要自己负的。"

只听"扑通"一声，那个"记者"跪在了地上，全身如筛糠一样颤抖起来。

"站起来！"陈茂辉命令道。

"我交代，我交代。他是……他是……杜长官，不，杜聿明，我，我是他的随从副官……"

他一边说，一边从大衣后襟的夹层里取出一个皮包，从皮包里取出一双象牙筷子，说："这是杜长官40大寿时一个军阀送的，上面还刻着他的名字呢。"

陈茂辉怎么也没有想到，和自己兜圈子、绕弯子的原来就是大名鼎鼎的国民党徐州"剿总"中将副总司令杜聿明！这么一条特大的鱼险些在自己眼皮子底下溜走，想想，陈茂辉都感到后怕。

他赶忙从敌工部找来杜聿明的照片，国字脸，八字胡，除了没有胡子，脑袋上缠了一圈纱布外，一眼就能认出来。

杜聿明又一次被带到陈茂辉面前，陈茂辉有点调侃地问他：

"你不是军需处长高文明吗？"

杜聿明讪讪地说："既然你们什么都知道了，何必再问呢？"

求死不成的杜聿明，自知罪孽深重，他抱定一副死猪不怕开水烫的态度，听天由命了。让他没有想到的是，他被送到了华野第4纵队指挥部。

同杜聿明灰溜溜的状况成为鲜明对比的是，4纵的指挥员们个个眉飞色舞、喜笑颜开。

政治委员郭化若首先开口了："杜将军，不知道你记不记得，我们可是黄埔的校友了。算起来，你是我的学长，我没有记错的话，你是第一期，我是第四期的。"

"黄埔……"杜聿明一时无语。这平平常常的话，在他听来，具有莫大的讽刺意义。此时此刻，还提什么黄埔，分明是戳他杜聿明的伤口嘛。

"杜将军，作为老校友，我想听你谈谈对此次战役和东北战役的看法。"郭化若说。

"败军之将，还有什么可谈的？"

"我看过将军的日记，对时局、战争的评述，颇为详尽嘛。有些看法我们还很是一致呢。"

"如果真要我说的话，我要说的是，我们在东北战场的失败，根本原因是陈诚、卫立煌太无能了。至于此次徐州作战，完全是因为蒋介石听信了蠢猪刘峙的话，而不采纳我的意见……"

"你只说对了其中的一小部分。你们发动反人民的内战本质，决定了你们的失败是必然的；而你本人的被俘，也绝非偶然。"

"唉——"杜聿明长叹了一声，"蒋介石的主力全打光了，本钱也输光了，国民党的完蛋看来只是早晚的事了。"

很快，杜聿明被送到了华东野战军司令部，而首先抓住杜聿明的部队，只看到这样一张收条：

收到

战犯杜聿明一名

此据

十一日十时

参四科（盖章）

★★★★★

①

②

③

④

❶ 我军一部正在向前线进军。
❷ 我军大炮准备向敌阵地轰击。
❸ 我军某部占领有利地形，阻击逃敌。
❹ 我军工兵部队在敌火力下扫雷、架桥，为步兵开辟前进
   的道路。

谢振华
（时任华东野战军第12纵队司令员）

我36旅完成夏砦之战后，就投入攻击丁枣园的战斗。

敌人抵挡不住我强大攻势，丁枣园又很快被我军占领。

这时，李弥兵团部企图趁我立足未稳，妄想从这个口子向北突围。

但是，敌人的如意算盘又失败了，李兵团向北面突围的部队，正好落入我纵布下的口袋，李弥的1,100多人的军官教导团，全部被我生俘。

当时，战况发展顺利，为了集中力量歼灭更多的敌人，我们抽不出更多的部队和时间去押送清理俘虏，只派了纵队警卫营的1个连将2,000名俘虏押送到临沂野战军政治部收容所。

途中逃跑了几十人，后经查明，逃跑的人中，有第13兵团司令官李弥，是化装逃跑的。

————摘自：谢振华《鏖战淮海 辗转歼敌》

★★★★★

李以劻

（时任国民党总统府参军，战地视察官）

杜（聿明）部被歼，1月13日证实杜已被俘时，蒋介石一天闷闷不乐。杜的妻子曹秀清知道后，来京要求见蒋夫妇。

蒋未接见，只批示"杜已被俘，着速厚慰其家属"。

曹不满，便到总统府找俞济时，吵吵闹闹，如告状似地说："我丈夫身体有病，还要他率部突围，他走不动，突什么围呀！不是明明要他的命么？"

她哭哭啼啼惹得总统府文官处、参军处的官员很惊奇（当时小报登载曹秀清大闹总统府，就是描写这件事）。

——摘自：李以劻《淮海战役国民党军被歼概述》

第九章

结局与开端

★★★★★ Λ 1948年，国民党当选"总统"蒋介石与"副总统"李宗仁在一起。

淮海战役以国民党军徐州集团的彻底败亡画上了句号。无法收拾残局的蒋介石以退为进，灰溜溜地"下野"了。面对巨大代价换来的胜利，沉默寡言的邓小平心里刻下了重重的感叹号：付出的生命代价是值得的。淮海战役的胜利，不仅是中国革命战争史上的奇迹，也是世界战争史上的奇迹。斯大林在笔记本上写道：60万战胜了80万，奇迹，真是奇迹！而毛泽东和他的战友们的目光早已指向了国民党蒋介石统治的中心——南京。

1. 别时容易见时难

就在杜聿明在陈官庄苦苦挣扎的时候，蒋介石也正在忙着处理后事了。

12月30日，白崇禧发电报给蒋介石：

当今局势，战既不易，和亦困难。顾念时间迫促，稍纵即逝，鄙意似应速将谋和诚意，转告友邻，公之国人，使外力支援和平，民众拥护和平。对方如果接受，借此摆脱困境，创造新机，诚一举而两利也。总之，无论和战，必须速谋决定，时不我与，恳请趁早英断。

看来，蒋介石不能不有所表示了。

12月31日，南京黄埔路总统府官邸，华灯闪闪，红光四溢，一派节日的喜气。蒋介石准备好的除夕晚宴就要粉墨登场了。

要员齐聚，有"副总统"李宗仁、"行政院长"孙科、立法院长童冠贤以及国民党中常委张群、陈立夫、张治中、邵力子、张道藩、蒋经国等等，共40多人。

丰盛的饭菜、辉煌的灯火，掩盖不了这"最后的晚餐"的沉重气氛。

饭后，蒋介石板着面孔，语调低沉地说话了：

邵力子 —————————————————————————

浙江绍兴人。早年参加同盟会。1920年8月，在上海参加共产主义小组。1927年任国民革命军总司令部秘书长。1931年后任国民党中央宣传部部长，国际反侵略同盟中国分会副主席，国民外交学会会长。1940年任国民党政府驻苏联大使。1943年任国民参政会秘书长，主张国共合作。1946年1月出席政治协商会议。1949年4月，任国民党政府和谈代表团代表，后居留北平。

< 时任国民党政府"副总统"的李宗仁。

> 时任国民党"行政院"院长的孙科。

　　"现在局面严重，党内有人主张和谈。我对于这样一个重大问题，不能不有所表示。现拟好一篇文告，准备在元旦发表，征求大家的意见。"

　　洋洋数千言的最后，蒋介石勉强说出了带点"引退"意思的话：

　　"只要和平果能实现，则个人进退出处，绝不萦怀，而一惟国民的公意是从。"

　　文告读完了，全场鸦雀无声。蒋介石扭头问李宗仁有什么意见。

　　李宗仁回答道："我与总统并无不同的意见。"

　　有人竭力反对。

　　有人表示同意。

　　蒋介石狠狠地说："我并不要离开，只是你们党员要我退职；我之愿下野，不是因为共产党，而是因为本党中的某一派系。"

国民党"行政院"院长孙科 ——————————————————————

　　孙中山之子。广东香山人。1921年任广州市首任市长。1926年任广东省政府建设厅长，后兼代省府主席。1928年，孙科出任考试院副院长。1931年改任行政院院长，次年改任立法院院长。抗战爆发后，奉派与苏联谈判，争取苏联援助中国抗日战争。1945年出任国民政府副主席兼立法院长，国民党中常委。1948年与李宗仁竞选"副总统"落选后，再度出任"行政院长"。后去美国。

∧ 曾与张学良共同发动"西安事变"的杨虎城

国民党第 17 路军总指挥杨虎城 ——————————————

陕西蒲城人。1917年起，先后任陕西靖国军左翼军支队司令和第三路司令、国民军第3军第3师师长、国民革命军第2集团军第10军军长、暂编第21师师长等职。1929年后，任蒋系新编第14师师长，第7军军长，第17路军总指挥兼任陕西政府主席等职。1936年12月，与张学良共同发动"西安事变"。事后，被迫出国"考察"。回国后，被长期囚禁。1949年9月，被蒋介石下令杀害。

某一派系，明明白白是指李宗仁为首的桂系。

1949年元旦，蒋介石的求和文告发表了。但是，他却迟迟不引退，他还在观望。

1月5日，新华社发表了毛泽东起草的评论《评战犯求和》，一针见血地揭露蒋介石是企图利用和谈保存反革命实力。

就在杜聿明集团被全歼的当天，蒋介石派蒋经国到上海，将中央银行的现金移存台湾。

1月12日，蒋介石派蒋经国率总统府军务局局长俞济时、警卫组主任石祖德等秘密到他的老家浙江溪口，布置警卫，在武岭临溪南端的小洋房架设天线，布置通讯网，为蒋介石退居幕后预作部署。

1月14日，中共中央主席毛泽东发表《关于时局的声明》，提出了8项和平条件。

1月16日，蒋介石下令把中央、中国两个银行的外汇化整为零，存入私人账户。

1月18日，蒋介石重新安排人事，为以后在大陆不能存身时逃亡台湾做准备。

1月21日，蒋介石于正午约宴五院院长，正式宣布引退。下午2时，又在黄埔路总统官邸召集国民党中央常委临时会议，出示他和李宗仁的联名宣言，说什么："战事仍然未止，和平之目的不能达到。人民之涂炭、曷其有极。为冀感格共党，解放人民倒悬于万一，爰特依照中华民国宪法第49条'总统因故不能视事时，由副总统代行总统职权'之规定，于本月21日起，由李副总统代行总统职权。"

场面很是凄婉。蒋介石声气低沉，全然没有了以前的慷慨激昂。

有人低声饮泣，有人失声痛哭。

有人大声疾呼："总裁不应退休，应继续领导，和共产党血战到底！"

蒋介石干咳了两声，说："事实已不可能，我已作此决定了，我今天就离开南京。"说完起身宣布散会。

李宗仁忙问："总统什么时候动身，我们到机场送行。"

蒋介石说："我还有事要处理，起飞时间未定，你们不必送行了。"

看着蒋介石往门外走，一大把胡子的于右任急忙追了上去：

"总统！总统！"

"什么事？"

"为和谈方便起见，可否请总统在离京之前，下个手令把张学良、杨虎城放出来？"

蒋介石一甩手："找德邻办去！"德邻是李宗仁的字。

70多岁的国民党元老于右任在众目睽睽之下讨了个没趣，只好蹒跚着离去。以后的事实是，杨虎城惨遭暗杀，张学良几乎是终身软禁。

离开总统府，蒋介石驱车去拜谒中山陵。他缓步走在中山陵长长的台阶上，默然无语。真是"无限江山，别时容易见时难"那！

1949年1月21日下午4时10分，蒋介石登上了"美龄号"飞机，从南京明故

◁ 宣告"引退"后的蒋介石离开南京前与宋美龄拜谒中山陵。

∨ 南京中山陵全景。

中山陵 ——————— ◀—

1925年3月12日，孙中山在北京逝世。国民政府遵照其生前遗愿决定在南京钟山修建他的陵墓。中山陵坐落在钟山东峰小茅山的南麓，西邻明孝陵，东毗灵谷寺，傍山而筑，由南往北沿中轴线逐渐升高，整个建筑群依山势而层层上升，气势宏伟。陵墓坐北朝南，面积共8万余平方米，主要建筑有：牌坊、墓道、陵门、碑亭、祭堂和墓室等。祭堂内放置孙中山先生大理石坐像，壁上刻有孙中山先生手书《建国大纲》全文。

宫机场起飞。起飞后，蒋介石吩咐驾驶员依复恩，绕空一周，作最后的告别。还都三年，弹指一挥，江山即将易手，即便心有不甘，也无可奈何。

待李宗仁带着一大批文武官员赶到机场时，机场已经人影皆无了。

2. 刻在历史上的丰碑

历时 66 天的淮海大战终于落下了帷幕。

在位于商丘以南几十公里处的张菜园淮海战役总前委指挥部，邓小平默默看着统计上来的一串串数字，神色严峻。

战绩是喜人的。

我军共歼灭国民党军 1 个"剿总"前进指挥部、5 个兵团部、1 个"绥靖"区司令部、22 个军部、56 个整师（旅）连同其他部队共 555,099 人。

其中，俘虏 320,355 人，毙伤 171,151 人，投诚 35,093 人，起义 28,500 人。

俘获国民党军高级将领 124 人，毙伤 6 人，投诚 22 人，起义 8 人。

缴获各种炮 4,215 门、机枪 14,503 挺、长短枪 151,045 支、飞机 6 架、坦克 215 辆、汽车 1,747 辆、马匹 6,680 匹、枪弹 1,593 万多发、炮弹 12 万多发。

> 我军战士乘着缴获的敌坦克驶离战场。

我军也付出了极大的代价。

我军共伤亡 136,542 人，其中，阵亡 25,954 人，负伤 98,818 人，失踪 11,752 人。

邓小平亲自算了一笔账：敌我兵力损失对比为 4.1：1 如果算双方的伤亡比例的话，则是 1.37：1！

一份长长的团以上干部烈士名单也送到了邓小平的手中，他一行一行地仔细看了下去：

王锡山，30 岁，中野第 1 纵队 2 团副团长

晋士林，35 岁，中野第 1 纵队 4 团团长

郑　鲁，30 岁，中野第 1 纵队 2 旅政治部副主任兼 4 团政委

刘　杰，28 岁，中野第 2 纵队 12 团副团长

申文俊，29 岁，中野第 2 纵队 16 团参谋长

范治平，不详，中野第 2 纵队炮兵营营长（团级）

何谓信，32 岁，中野第 4 纵队通讯科政委

张芝武，34 岁，中野第 4 纵队 38 团副团长（战斗英雄、优秀指导员）

张　铎，34 岁，中野第 4 纵队 66 团代参谋长

铁　克，31 岁，中野第 6 纵队 17 旅训练科副科长

杨寿山，29 岁，中野第 6 纵队 51 团团长

陈洪汉，29 岁，中野第 9 纵队 78 团参谋长（人民功臣）

李光前，27 岁，中野第 11 纵队 91 团团长

何炳确，36 岁，中野第 11 纵队 92 团副团长

刘志显，25 岁，中野第 11 纵队 98 团副政委

杨侠生，27 岁，豫皖苏军区第 35 团参谋长（模范共产党员）

李登印，38 岁，陕南军区第 12 旅 51 团参谋长

兰阿嫩，31 岁，华野第 1 纵队 1 团副团长

佘骑义，32 岁，华野第 2 纵队 14 团团长

王克己，38 岁，华野第 3 纵队 24 团副参谋长

李　吉，25 岁，华野第 4 纵队 10 师管理科科长

胡常胜，29 岁，华野第 4 纵队 28 团参谋长

郑　克，29 岁，华野第 4 纵队 29 团政委

马长声，29 岁，华野第 4 纵队 29 团参谋长

朱　涛，34 岁，华野第 4 纵队 31 团副团长

赖　峰，31 岁，华野第 4 纵队 32 团政治处主任

贺新奎，33 岁，华野第 4 纵队 33 团副参谋长

朱允弼，31 岁，华野第 6 纵队 47 团副团长（优秀参谋工作者）

陈绍痕，31 岁，华野第 6 纵队 48 团参谋长

周　敦，31 岁，华野第 7 纵队 55 团政治处主任

戚琏瑚，28 岁，华野第 7 纵队 57 团副政委

张　坚，24 岁，华野第 7 纵队 20 师作战科副科长（特等工作模范、
　　　　战斗英雄、兖州英雄连长、一等功、特等功臣）

周连三，40 岁，华野第 7 纵队 59 团参谋长

赵益三，不详，华野第 8 纵队 64 团参谋长

李树桐，29 岁，华野第 8 纵队 66 团政委

杨志英，31 岁，华野第 8 纵队 67 团参谋长

王浩军，25 岁，华野第 9 纵队 26 师作战科科长

车汉卿，27 岁，华野第 9 纵队 80 团副团长

马佩珠，30 岁，华野第 10 纵队特务团副团长（战斗模范）

陈　彬，39 岁，华野第 11 纵队 94 团副参谋长

常建德，31 岁，华野第 13 纵队 114 团副团长

朱宝承，29 岁，华野渤海纵队第 18 团团长

郭文祥，28 岁，华野鲁中南纵队保卫科科长

胡凤诰，32 岁，华野鲁中南纵队第 141 团参谋长（岱崮英雄）

韩联生，47 岁，华野特种兵纵队参谋长（学习模范）

刘金山，39 岁，华野特种兵纵队工兵团副团长

陈　品，不详，冀鲁豫军区第 2 团团长

马开旗，31 岁，冀鲁豫军区第 15 团政治处主任

王　萍，29 岁，冀鲁豫军区第 15 团参谋长

陈 赓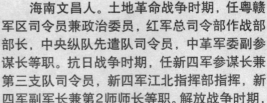

　　湖南湘乡人。黄埔军校第一期毕业。土地革命战争时期,任中国工农红军四方面军第12师师长,红军步兵学校校长,红军干部团团长,陕甘支队第13大队队长,红一军团第1师师长等职。抗日战争时期,任八路军129师386旅旅长,太岳军区太岳纵队司令员。解放战争时期,任晋冀鲁豫野战军第4纵队司令员,中国人民解放军第4兵团司令员兼政治委员。

< 时任晋冀鲁豫野战军第4纵队司令员的陈赓。

< 解放战争时期的张云逸。

张云逸 —————————

　　海南文昌人。土地革命战争时期,任粤赣军区司令员兼政治委员,红军总司令部作战部部长,中央纵队先遣队司令员,中革军委副参谋长等职。抗日战争时期,任新四军参谋长兼第三支队司令员,新四军江北指挥部指挥,新四军副军长兼第2师师长等职。解放战争时期,任山东军区司令员,华东军区副司令员,华东军政大学校长等职。

> 中共中央就淮海战役胜利发来的贺电。

　　曾经下了牺牲整个中野也要换得战役胜利决心的邓小平，此时，不禁肃然！是啊，在66天的战斗中，敌我双方的伤亡总数达到了近30万人，平均每天伤亡近4,500人！这里还没有把牺牲的支前民工和战场中无辜失去生命的群众算进来。这是生命的代价！

　　"邓政委！电报！"

　　电报是以中国共产党中央委员会的名义发来的。

　　刘伯承、陈毅、邓小平、饶漱石、张云逸、粟裕、谭震林、陈赓诸同志，华东人民解放军和中原人民解放军的全体同志们：

　　淮海战役自去年11月6日开始，至今年1月10日已完全胜利结束。……至此，南线敌军的主要力量与精锐师团业已就歼。……淮河以北地区完全解放，使淮南一带地区大部入我掌握。你们在淮海战役中获得如此伟大的胜利，与东北人民解放军在锦州、长春、辽西、沈阳诸役中的伟大胜利一样，证明人民解放军的战斗力已经无比地强大……淮海战役既然消灭了南线国民党军的主力，这就奠定了你们渡江南进夺取国民党匪巢南京，并解放江南各省的巩固的基础。

中国共产党中央委员会特向我参加此次伟大战役的一切指挥员、战斗员、前后方服务的工作人员、游击部队、民兵等全体人员致以热烈的祝贺和慰问。同时告诉你们：敌人的主力虽已消灭，敌人的残部尚图抵抗，南京伪政府尚在布置所谓"京沪决战"。

······

现在长江以南一带地方处于水深火热之中的工、农、兵、学、商各界广大人民群众，盼望你们前去，帮助他们获得解放，十分迫切，你们的责任还很重大。希望你们团结一致，继续努力，为完成解放南京及江南一带地方的伟大任务而奋斗！

放下电报，邓小平喃喃地说："值得，付出的代价是值得的！"

摆在面前的任务还十分繁重，他不能长久流连于一时的胜利和牺牲。

如今，中野、华野两大野战军在淮海战役中牺牲的近3万名烈士的名字已经刻在了长长的纪念墙上，他们年轻的身影，永远活在中国人民的记忆中！

3. 不尽的话题

66天的战斗，留下了无尽的话题，供后人评说、书写。倒是当时双方的评说最值得玩味。

刘峙这样说：

"这次作战，战略之失败多于战术，战术之失败多于战斗。""对进退大计，迟疑不定，结果是临时应战，而不是有计划、有准备的会战，致形成我方兵力及态势上的劣势"；"战区间协调不良，兵力转用欠灵活，致使黄维兵团未能及早兼程东进，参加作战，失去时机"；"杜聿明放弃徐州根据地，而作旋回运动，本属冒险，竟不能发挥勇敢果决的精神，以迅速的行动击破'匪军'，致陷全军于危殆"；"各部队长个人相互间，平时在精神上有隔阂，战时在支援上复不易协同，致虽有大军，亦难发挥最大统合战力。"

> 解放战争时期的粟裕。毛泽东曾说，淮海战役粟裕应该记头功。

这个被讥讽为"长腿将军"的"总统府国策顾问"，还算是有点自知之明，不过，太晚了点。

粟裕这样说：

"淮河战役确实是一次伟大的战役。我们取得了胜利，这是因为有党中央、毛主席、朱总司令和总前委的正确领导，后方党政军民的全力支援"；"各兵团、各兵种协同作战，各位同志在前线机动灵活直接指挥，全体指战员不辞艰苦的英勇作战，也是胜利的因素。"

毛泽东曾说过，淮海战役，粟裕应该记头功。可是，粟裕却只字不提自己。真是高风亮节！

粟裕对他的对手，有很精彩的描述：

"从敌人的失败，我们可以看出蒋介石这个人很'小气'。他有一个怪脾气，你要他一点，他连半点也不给你，如果你拿下了他大的呢？他连小的也不要了。这次淮海战役，他又很小气。开始舍不得丢44军，黄百韬在新安镇等待连云港撤来的44军，结果，黄百韬陷入重围。黄百韬陷入重围后，他又舍不得丢黄百韬，不但派邱清泉、李弥来救，还派黄维来救，结果，黄百韬没得救，黄维又被包围了。他又让杜聿明来救黄维。结果黄维没得救，又丢了杜聿明的三个兵团。

杜聿明只能打胜仗，不能打败仗；只能在有利条件下打仗，不能在不利条件下打仗。他在印缅作战时，有美国的供应，出过风头。在东北时，有火车、轮船、飞机源源供应。但这次被我们包围在永城地区，突不出，守不住，被我们全部歼灭。

第5军邱清泉，一直是华野寻歼的对象。5军战斗力比74师稍差，与18军不相上下，各有所长。邱清泉好打滑头仗，跟友邻关系不好。这次解决他没有遇到多大困难。"

知己知彼，百战不殆。粟裕的话更应证了这句千古名言。

陈毅是这样说的：

"一是敌人战略判断错误，认为我们没有力量，不会集中兵力同他决战。二是我们战役战术上分批分割歼敌，主要靠夜战近战，发挥我们的长处。三是庞大深厚的民力支援，实际上形成了300万对80万，充分发挥了人民战争的威力。淮海战役的胜利，是人民用小车推出来的。四是战役进程很艰苦，好比钝刀切脖颈，不能一下把敌人歼灭。战斗中靠战士们勇敢、献身精神和天才来完成战略战役的正确决定。五是发挥了政治攻势作用，战役中敌军内部有5个师起义，1个师投诚。在俘虏政策方面，实行原则性与灵活性（策略性）相结合，对敌人实行分化。总之，这是毛主席军事思绪成功的范例。"

淮海战役的胜利，也引起了斯大林的注意，他曾在笔记本上写下这样的字句："60万战胜了80万，奇迹，真是奇迹！"斯大林后来派来的驻华大使尤金说：淮海战役打得好，是中国革命战争史上的奇迹，也是世界战争史上少见的。斯大林还让尤金到中国学习和了解淮海战役胜利的原因。

西柏坡，毛泽东办公室，度过无数不眠之夜的毛泽东放下了手中的文件，对卫士长李银桥说："银桥，来，给我篦篦头发吧，这是很好的按摩啊。"

篦齿从发间篦过，沙沙作响。

突然，李银桥眼前一亮，仔细一看，是一根白头发。

"哎哟，主席，你有白头发了。"李银桥叫了一声。

毛泽东眉梢动了动，没有吱声。

李银桥小声问："主席，拔下来吧？"

毛泽东停了停才说："拔吧！"

李银桥小心翼翼地挑出那根白发，捏紧了，猛地一揪。拿到眼前看看，连根拔出来了。

"主席，你看。"李银桥把白发拿到毛泽东面前。

毛泽东没有接，只是用眼睛凝望着。

"噢——"毛泽东轻轻啊了一声，用略带沙哑的声音慢慢说道：

"白一根头发，胜了三大战役，值得。"

不久，毛泽东在这里会见了刘伯承跟邓小平。

刘伯承说："淮海战役，我们像嘴里含了个核桃一样，咬也咬不碎，吞也吞不进去。"

邓小平说："打得坚决，也很残酷。"

刘伯承接着说："最后到底还是咬碎了。"

毛泽东没有留他们吃饭。

有比吃饭更重要的事情。

淮海战役胜利结束后的第4天，也就是1949年1月14日，毛泽东在关于时局的声明中指出：

"现在，人民解放军无论在数量上、士气上和装备上均优于国民党反动政府的残余军事力量。至此，中国人民才开始吐了一口气。现在，情况已非常明显，只要人民解放军向着残余的国民党军再作若干次重大的攻击，全部国民党反动统治机构即将土崩瓦解，归于消灭。……中国人民解放军全体指挥员战斗员同志注意：在南京国民党反动政府接受并实现真正的民主的和平以前，你们丝毫也不应当松懈你们的战斗努力。对于任何敢于反抗的反动派，必须坚决、彻底、干净、全部地歼灭之。"

此时，距我军解放南京还有3个月零8天；距中华人民共和国的成立还有8个月零16天。

> 1949年1月14日，毛泽东发表了《关于时局的声明》一文。

中共中央毛澤東主席關於時局的聲明

（一九四九年一月十四日）

自一九四六年七月，南京國民黨反動政府在美國帝國主義者的幫助之下，違背人民意志，撕毀停戰協定和政治協商會議的決議，發動全國規模的反革命的國內戰爭以來，已經兩年半了。在這兩年半的戰爭中，南京國民黨反動政府違背民意，召集了僞國民大會，頒佈了僞憲法，選舉了僞總統，頒佈了所謂「動員戡亂」的僞令，出賣了大批的國家權利給美國政府，從美國政府獲得了數十億美元的外債，勾引了美國政府的海軍和空軍佔據中國的領土、領海、領空，和美國政府訂立了大批的賣國條約，接受美國軍事顧問團參加中國的內戰，從美國政府獲得了大批的飛機、坦克、重砲、輕砲、機關槍、步槍、砲彈、子彈和其他軍用物資，以爲屠殺中國人民的武器。南京國民黨反動政府在上述各項反動的賣國的內政外交基本政策的基礎上，指揮它的數百萬軍隊，向着中國人民解放區和中國人民解放軍舉行了殘酷的進攻。所有華東、中原、華北、西北、東北各人民解放區，無一不受到國民黨軍隊的蹂躪。解放區的中心城市延安、張家口、淮陰、菏澤、大名、臨沂、烟台、承德、四平、長春、吉林、安東等地，均曾被匪軍佔領。匪軍所至，殺戮人民，姦淫婦女，焚燬村莊，掠奪財物，無所不用其極。在南京國民黨反動政府的統治區域，則壓迫工農兵學商各界廣大人民羣衆出糧、出稅、出力，敲

❶ 我军某部沿京杭公路尾追逃敌。

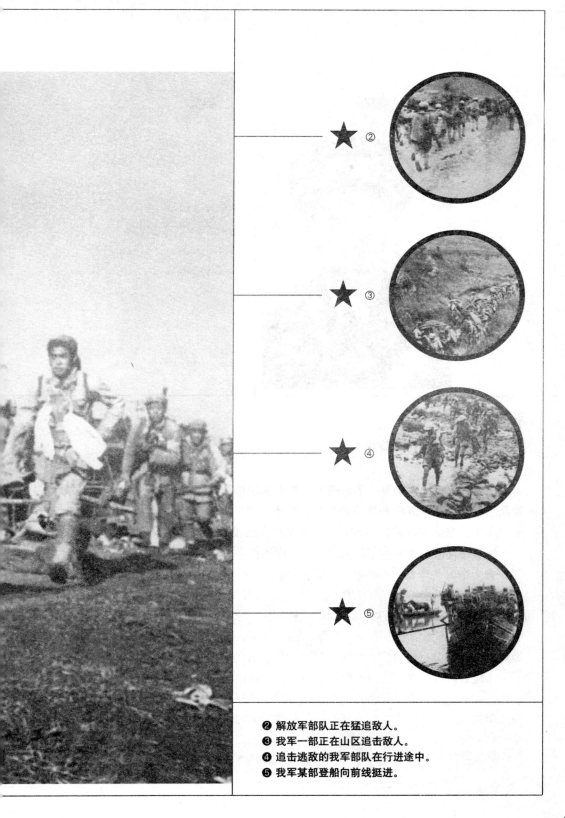

❷ 解放军部队正在猛追敌人。
❸ 我军一部正在山区追击敌人。
❹ 追击逃敌的我军部队在行进途中。
❺ 我军某部登船向前线挺进。

张 震
（时任华东野战军副参谋长）

　　在淮海战役中，中原、华东两大野战军密切协同，兵团、纵队、师、团各级部队之间，都能从战略和战役的全局和整体出发，勇挑重担，主动配合，这是非常可贵的。参战部队忍饥耐寒，在追击途中和战壕里度过了日日夜夜。

　　我军的政治工作发挥了巨大威力，涌现出许多可歌可泣的英雄事迹。各级干部身先士卒，共产党员带头冲锋，官兵团结一致，军民亲如鱼水。

　　党的秘密工作和瓦解敌军的工作，起了很大作用，何基沣、张克侠和廖运周率部起义，时机掌握得非常好；孙良诚、赵璧光、黄子华等率部投诚，也证明了敌军心动摇，官兵不愿继续为蒋介石卖命。政治工作的针对性强，教育和争取俘虏工作做得很出色，部队伤亡虽大，补充大批解放战士后仍能立即投入战斗，照常打胜仗。

　　战役结束后，我军兵力不但没有减少，反而比战役发起前增加了，并缴获和补充了大量武器装备。几百万民工支前参战，千里迢迢来到淮海战场，显示出人民战争的强大威力。党政军民团结一心，排除万难，获取了战役的全胜，谱写了中国革命战争史的光辉篇章……

——摘自：张震《华东野战军在淮海战役中的作战行动》

★★★★★

程藩斌

（时任国民党联合勤务总司令部运输署空运勤务司副司长）

　　淮海战败，危及南京，当时混乱到不可收拾，物价飞腾，金圆券大贬值，人心惶惶，不可终日，国民党集团内部发生矛盾和争吵。

　　有许多"有志之士"，不知是对蒋介石不满，还是恨铁不成钢，自己又没有挽救危亡的能力，只有约齐一大群人，到中山陵痛哭一场了事。

——摘自：程藩斌《陈官庄地区空投记》

《聚歼天津卫》 《解放大上海》 《合围碾庄圩》 《进军蓉城》

《保卫延安》 《血拼兰州》 《喋血四平》 《剑指济南府》

《鏖战孟良崮》 《席卷长江》 《攻克石家庄》 《总攻陈官庄》

《围困太原城》 《登陆海南》 《兵发塞外》 《重压双堆集》

1.部分图片由解放军画报社供稿

摄影作者(按姓氏笔画排列):

于天为	于庆礼	于成志	于坚	于志	于学源	马金刚	马昭运	马硕甫	化民	孔东平	毛履郑
王大众	王文琪	王长根	王仲元	王纪荣	王甫林	王纯德	王国际	王奇	王学源	王林	王述兴
王青山	王春山	王振宇	王晓羊	王鼎	王毅	邓龙翔	邓守智	丕永	冉松龄	史云光	史立成
田丰	田建之	田建功	田明	白振武	石嘉瑞	艾莹	边震遐	任德志	刘士珍	刘长忠	刘东鳌
刘叶	刘庆瑞	刘寿华	刘保璋	刘峰	刘德胜	华国良	吕厚民	吕相友	孙天元	孙庆友	孙候
安靖	成山	朱兆丰	朱赤	朱德文	江树积	江贯成	纪志成	许安宁	齐观山	何金浩	余坚
吴群	宋大可	张平	张宏	张国璋	张举	张炳新	张祖道	张崇岫	张鸿斌	张谦谊	张超
张颖川	张熙	张醒生	张麟	时盘棋	李丁	李九龄	李久胜	李书良	李夫培	李文秀	李长永
李风	李克忠	李国斌	李学增	李家震	李晞	李海林	李基禄	李清	李维堂	李雪三	李景星
李琛	李锋	李瑞峰	杜心	杜荣春	杜海振	杨绍仁	杨绍夫	杨玲	杨荣敏	杨振亚	杨振河
杨晓华	沙飞	肖迟	肖里	肖孟	肖瑛	苏卫东	苏中义	苏正平	苏河清	苏绍文	谷芬
邹健东	陆仁生	陆文骏	陆明	陈一凡	陈书帛	陈世劲	陈希文	陈志强	陈福北	周有贵	周洋
周鸿	周锋	周德奎	庄庆彪	孟昭瑞	季音	屈中奕	林杨	林塞	罗培	苗景阳	郑景康
金锋	姚继鸣	姚维鸣	姜立山	祝玲	胡宝玉	胡劬	赵化	赵良	赵奇	赵明志	赵彦璋
郝长庚	郝世保	郝建国	钟声	凌凤	唐志江	唐洪	夏志彬	夏枫	夏苓	徐光	徐肖冰
徐英	徐振声	流萤	耿忠	袁汝逊	袁克忠	袁绍柯	袁苓	贾健	贾瑞祥	郭中和	郭良
郭明孝	钱嗣杰	陶天治	高凡	高礼双	高帆	高宏	高国权	高洪叶	高粮	崔文章	崔祥忱
常春	康矛召	曹兴华	曹宠	曹冠德	盛继润	章洁	野雨	隋其福	雪印	博明	景涛
程立	程铁	童小鹏	董青	董海	蒋先德	谢礼廓	雁兵	韩荣志	鲁岩	楚农田	照耀
路云	熊雪夫	蔡远	蔡尚雄	裴植	潘沼	黎民	黎明	窦连波	窦明	魏福顺	

(部分照片作者无记载：故未署名)

2.部分图片由 gettyimages 供稿